Gerade noch davongekommen

Otto-Rudolf Rothbart

Gerade noch davongekommen

Dokumentation einer Jugend in gefährlicher Zeit

(1938–1948)

Bibliografische Information der Deutschen Nationalbibliothek:
Die Deutsche Nationalbibliothek verzeichnet diese Publikation in der
Deutschen Nationalbibliografie; detaillierte bibliografische Daten sind im
Internet über
< http://dnb.d-nb.de > abrufbar.

© 2008 Otto-Rudolf Rothbart
Redaktion, Satz, Umschlaggestaltung, Herstellung und Verlag:
Books on Demand GmbH, Norderstedt
ISBN: 978-3-8334-7292-3

Bildquellen
Alle Aufnahmen befinden sich im Besitz des Autors. Die Wiedergabe eines Ausschnitts aus dem Gemälde von Edith Dettmann erfolgt mit freundlicher Genehmigung der »Stiftung Pommern« in Kiel. Der Kartenausschnitt von Hinterpommern ist meinem Schulatlas entnommen.

Teil A:

Abwärts bis ans Ende

**»Unstete Fahrt! Habt acht, habt acht!
Die Welt ist voller Morden.«**

(Walter Flex: Der Wanderer zwischen beiden Welten)

1938 war ich mit 10 Jahren ordnungsgemäß »Pimpf« geworden, in das »Jungvolk« und damit nolens volens in die Zeitgeschichte eingetreten – wie es die damaligen Machthaber jedenfalls beabsichtigten. (Jungvolk nannte sich die Vor-Organisation der Hitler-Jugend.) Der dazu passende Slogan, die »Parole«, lautete: Jeder tüchtige Bursche trägt seinen »Marschallstab im Tornister«. Tatsächlich trug man nach der sogenannten »Pimpfenprobe« einen Dolch als Fahrtenmesser »im Gewande«, konkret am Koppel der Uniform.

Zunächst schienen alle ringsum hell begeistert. Es war auch ein strahlender Frühlingstag Ende März, als wir Stralsunder Jahrgangsgenossen uns als bunter Haufen vor dem Kütertor einfanden – zu Seiten der Jugendherberge (sie war es damals schon und bis in unsere Zeit). Der alerte Uniformierte, der zu unserer Begrüßung erschien, wurde vor lauter Begeisterung fast erdrückt. Er führte uns dann in langer Kolonne über den Knieperteich auf dem bis heute zauberhaft altmodischen, wasservogelumlärmten Fußgängersteg mit seinen lustigen weißen Holzbrückchen zum Moorteich-Heim (auch dieses steht noch heute dort: altersmorsch-zerfallend), wo das weitere Prozedere nach Plan verlief.

Kein Schatten trübt in meiner Erinnerung diesen Tag, obwohl doch meine erste bewusste Begegnung mit einem »braunen« Jugendführer belastet war durch offenbar schwerwiegende Vorbehalte. Es war mein Lehrer bei der Einschulung 1934 gewesen, der seine neuen Schüler begrüßte – in einer uniformartigen, »Kletterweste« genannten Jacke (Braun war damals sicherlich die Modefarbe der Saison). Mich hatte der Lehrer demonstrativ auf den Arm genommen – vermutlich um meine Mutter zu beruhigen, die ihren Filius nur mit Bedenken abgeliefert zu haben schien. Diesen Lehrer – später war er der hauptamtliche HJ-Standortführer, also sozusagen der Hitlerjugend-Stadtkommandant – machte die Familie

Stralsund: Kütertor mit Jugendherberge (links)

verantwortlich für einen unangenehmen Vorfall: Der jüngste
Bruder meiner Mutter war 1933 aus einem Zeltlager geflohen,
wo man ihm übel mitgespielt haben muss. Ich erinnere mich
an den »Kriegsrat« der Familie; ich glaube, dass ältere Brüder

meines Onkels meinem Lehrer protestierend »ins Haus gestiegen« sind – was damals offenbar noch risikolos möglich war.

Vielleicht wirkte auch nur der Ort meines Einstiegs in die Zeitgeschichte am Kütertor so versöhnlich und besänftigend. Genau da nämlich sehe ich mich an der Hand meiner Mutter als Knirps stehen, um eine Sing- und Tanzgruppe des BDM zu bewundern (BDM = Bund Deutscher Mädchen war die weibliche Hitler-Jugend). Die sportlichen, adretten Frauen – strahlende Göttinnen der neuen Zeit – hatten werbend und gewinnend gesungen: »Lass doch der Jugend ihren Lauf ...« – was sich bekanntlich reimt auf: »Schöne junge Mädchen wachsen immer wieder auf ...« Eine belebende, fröhliche Melodie! (Das könnte fast schon erfunden klingen, so symptomatisch will es mir heute erscheinen.) Dabei steckten die singenden und tanzenden jungen Frauen doch noch in knöchellangen, züchtigen Röcken und nicht in den später üblichen hautengen, raffiniert erotischen weißen Mini-Trikots von »Glaube und Schönheit«[1]. (Was wir als Glaube <u>an</u> Schönheit verspotteten.)

***

Elternhaus und Schule, so sagt man, bilden die bedeutsamsten Einflusszentren für einen werdenden Menschen. Dann bin ich sicher untypisch! Denn in meinem Elternhaus fehlte früh der Vater; und in der Schule fehlten bald die einflussreichen jungen Lehrer. (Oder war das geradezu zeittypisch?)

Unser Familienleben spielte sich recht eigentlich bei der Oma mütterlicherseits ab, die nach dem frühen Tod ihres Mannes in der Ravensbergerstraße – querab vom Rathaus – ein offenes Haus führte. Insgesamt soll sie 13 Kinder geboren haben; in meiner Kindheit waren davon immerhin noch 8 leibhaftig gegenwärtig. Die jüngsten waren nicht viel älter als ich, die ältesten bereits verheiratet und selber Vater oder Mutter. Das ergab ein lustig-buntes, zum Teil geradezu turbulentes Leben: Die älteren Geschwister verlobten und verheirateten sich – stets im Haus ihrer Mutter. Die jüngeren hatten wie ich noch ganz andere Interessen und waren mir stets willkommene und willfährige Spielkameraden, die sicherlich streng beauftragt wurden, über mein Wohl aufmerksam zu wachen. Bei meiner Oma war immer was los, immer wer verfügbar, auch zum Trösten, wenn es daheim im Elternhaus mal dicke Luft gab. Und der Weg dorthin war für mich auch als kleiner Junge kein Problem: einmal rechts, einmal links und nochmals rechts und links um die Ecke – von der Böttcherstraße, unterhalb der Jakobikirche, wo wir wohnten, zur Ravensberger unterhalb der Nikolaikirche.

An meinen Vater habe ich kaum Erinnerungen. Schon 1938 entschwand er als Eisenbahner nach Trautenau ins Sudetenland, um dort die Weichen neu zu stellen, und dann im Jahr 1940 an den französischen Atlantikwall nach St-Nazaire: Dort war eine der großen deutschen U-Boot-Basen, deren Nachschub zu transportieren war. Mein Vater war schlicht nicht da.

Und was die Schule betrifft, so hatte ich zwar nie Schwierigkeiten; doch erinnere ich mich des Qualitätswandels mit Beginn des Krieges 1939, als alle jungen Lehrer – bisher unsere Bezugspersonen und Autoritäten – nach und nach Soldat wurden und die reaktivierten älteren Herren bei uns nicht mehr ganz »ankamen« (vielleicht waren sie sogar 1933 »abgewickelt« worden und ihr Engagement jetzt entsprechend lädiert).

Die Voraussetzungen für den Einfluss der Hitler-Jugend[2], für einschlägige ideologische Indoktrinierung wären demnach exzellent gewesen. Doch auch hier muss mir wohl ein untypischer Weg bereitet gewesen sein, will ich den vielen Verlautbarungen der letzten Jahre folgen. Ich kann jedenfalls in meiner Erinnerung – auch nach aufmerksamer, sensibilisierter Lektüre aller klugen Darstellungen über die Hitler-Jugend – keine unangenehmen belastenden Fakten finden. Im Gegenteil: Ich vermag nur positive Aspekte, Anregungen und Entwicklungshilfen auszumachen – auch wenn ich weiß, dass diese Feststellung naiv klingen mag, Erstaunen erregen kann und vielleicht der Kommentierung bedarf. Der Grund könnte folgender sein:

Schon 1938 verzeichnete ich als Pimpf bei den obligatorischen alljährlichen Sportwettkämpfen einen sensationellen Erfolg: Ich ging aus diesem Leistungsvergleich – es war ein Leichtathletik-Dreikampf mit Laufen, Springen und Werfen – als Zweitbester hervor; ich denke: Zweitbester des »Standortes« (also der gesamten Stadt), nicht absolut (in den Einzeldisziplinen), wohl aber nach Punkten im Gesamtergebnis. Die Jüngeren erhielten für die gleiche Leistung eine höhere Quote. Vor meinem geistigen Auge sehe ich noch die Siegerehrung vor staunendem und raunendem Publikum auf dem »Germania«-Sportplatz in der Tribseer Vorstadt und spüre geradezu den strammen Händedruck des Jungbannführers. Als Siegespreis gab es, wie auch später immer wieder, ein Buch.

Der schlagartige Start und der folgende unaufhörliche Aufstieg als Sportstar (Bannmeister, Gebietsmeister u.a.) – damals sagte man Sportkanone – hat mir vermutlich viele Freiräume im HJ-Apparat gewährt, zumal sich die sportlichen Erfolge auch in sichtbaren Auszeichnungen niederschlugen: Schon 1939 wurde ich zum Oberhordenführer befördert, hatte dann also bereits zwei Winkel am Ärmel der Uniform. In meinem ersten Zeltlager am Mövenort auf Wittow/Rügen erregte dieser Umstand beträchtliche Aufmerksamkeit. (Wer hatte bloß den Begriff Hordenführer erdacht? Ist eine Horde nicht eigentlich etwas Wildes, Unorganisiertes? Wahrigs »Deutsches Wörterbuch« definiert Horde u.a. als »umherziehender Tatarenstamm«.)

***

Überhaupt war wohl nicht alles so stringent organisiert und funktionierte nicht so perfekt, wie es sicher geplant war und wie es uns Historiker heute glauben machen möchten, weil sie oft nur von den überlieferten Dokumenten ausgehen. Aus den Sonntagsreden der Bonzen und Funktionäre lässt sich gewiss ablesen, wie es hätte sein oder doch werden sollen, wie es in Berlin oder anderen NS-Hochburgen vielleicht auch schon war, offensichtlich aber noch nicht in unserem Provinzstädtchen: Die Anleitung etwa über die angezeigte Kunst der Pimpfenführung, die mein erster Fähnleinführer (Gerd Hoffmann) uns jungen Hordenführern im Rahmen seines großbürgerlichen Elternhauses in der Strandstraße[3] erteilte, war gewiss nicht parteipolitisch, sondern eher geprägt vom immer noch wirkenden Elan der Jugendbewegung vor 1933. Selbst eindeutige Propagandafotos sind doch so zu betexten, als spiegelten sie die Wirklichkeit.

Oder soll ich doch glauben, dass ich nur naiv war? Irgendwie imprägniert? Oder noch viel zu dumm, um die ideologischen Abgründigkeiten hinter dem schönen Schein (Fahrt und Lager mit riesigen Holzfeuern und Liedern, Sportfeste und Geländespiele mit Herausforderungen, Begegnungen und Erfolgserlebnissen) zu bemerken? Ja, dass ich sogar heute noch so blauäugig bin und meine individuelle Jugendseligkeit nur nostalgisch verkläre und nicht »in den Gesamtzusammenhang des damaligen politischen Systems hineinzudenken« vermag? Aber selbst, wenn dem so wäre: Ich lebte ja damals und dachte damals und muss deshalb heute nicht zeitangepasst klüger denken, um bemühten Historikern das Verständnis der Vorgänge zu erleichtern.

Da glaube ich doch eher, dass die Nazis bis zum Ausbruch des Krieges gar nicht genug Zeit hatten; und dass danach bereits wieder überall die Aufweichung und langsame Auflösung des Nazi-Nebels und -Spuks begann, die Personaldecke der leistungsfähigen, aufopferungswilligen Aktivisten schlicht zu dünn wurde.[4]

Ich denke, dass ich primär überhaupt mal lebte, wie Heranwachsende so zu leben pflegen: dem Leben und seinen Verlockungen und Verheißungen, Abenteuern und Lustigkeiten zugewandt. Wenn ich an meine Entwicklungsjahre denke, so gab es auch jede Menge retardierende Momente auf dem Weg zu einer etwa reibungslosen und kritiklosen NS-ideologischen Vereinnahmung und Gläubigkeit.

Vielleicht spielte mein Vater ja doch aus dem Hintergrund seine Rolle: Zu meinen frühesten Erinnerungen gehören abendliche Fackelzüge, zu denen er mich mitnahm. Die da marschierten, bliesen Schalmeien, waren also Kommunisten. Sicherlich war mein Vater kein Nazi (seine Kollegen, die während der NS-Zeit Karriere machten, waren alle in der warmen Heimat geblieben). Erst zu DDR-Zeiten habe ich gelernt, dass das Lokal, wohin er mich immer gezielt geschickt hatte, um Bier zu holen, das Gründungslokal des Sozialdemokratischen Wahlvereins (Juni 1891) gewesen war – eine Gedenktafel an der Hauswand signalisierte die Bedeutung des Gebäudes.

Ich erinnere mich auch an heimliches Getuschel der Großfamilie, ob es ratsam sei – oder wohl eher: wie man es verhindern könne –, dass ich auf eine Adolf-Hitler-Schule verpflanzt würde. Diese Schulen waren ebenso wie die sogenannten Napolas (Nationalpolitische Erziehungsanstalten) Internate für die künftige NS-Elite. Im Verwandtenkreis meiner Mutter gab es gewiss Onkels und Schwäger durchaus verschiedener politischer Orientierung.

1940 erlebte ich den Frankreich-Feldzug in Form von Sondermeldungen in einem Bad Nauheimer Kinderheim, wohin ein Freund und ich ersatzweise verschlagen worden waren: Das

Ferienheim im Harz, vermutlich eines der Reichsbahn, mussten wir 1939 nach nur zwei Wochen räumen, weil es zum Lazarett umfunktioniert wurde. In dem heimelig alten Nauheimer Haus (der St. Elisabeth) mit seiner gedämpft feierlichen Atmosphäre sangen wir keine zackigen Fahrtenlieder, sondern »Trara, trara, die Post ist da«; wir spielten nicht Räuber und Gendarm (oder wie immer sich das bei den Pimpfen nannte), sondern Mikado. Und wenn die Schwester Oberin zur nachmittäglichen Vorlesestunde bat, las sie gewiss nicht aus »Pimpf im Dienst«: Ihr schmuckes, mit allerlei Lesezeichen und anderen Erinnerungen gefülltes Buch lag in ihren Händen wie das Buch aller Bücher, die Weisheit allen Lebens. Die alte Dame wendete die Seiten, Blatt um Blatt, mit so bedachtsamer Feierlichkeit, dass schon deshalb die vorgetragenen Worte und Geschichten etwas Edles und Gültiges bedeuten mussten.

Nicht zuletzt dürfte jedoch die damals volkspädagogisch orientierte Arbeit der Stadtbücherei ihre Wirkung nicht verfehlt haben. Sie residierte (damals wie heute) in der Badenstraße – für uns Knirpse sozusagen hinter einer gewaltigen, Respekt einflößenden Theke. Dass man, wie heute in den obligatorischen Freihandbibliotheken, selber an die Regale treten und seine Bücher auswählen konnte – Gott bewahre! Damals wollten die Bibliothekare Volksbildung betreiben, heißt: die Leser sorgfältig von Buch zu Buch immer höher hinaufbildend beraten. Und so standen wir Schüler vor der jungen Ausleihbibliothekarin, die in Stralsund wahrscheinlich ihre ersten Erfahrungen sammelte, innerlich geradezu stramm; ich glaube nicht, dass ich irgendwo sonst mit einer ebenso großen konzentrierten Anspannung strammgestanden bin. Es kam hinzu, dass sie uns mit ihrem akkurat-schönen Mundwerk (mit anderen Worten: Sie sprach ein einwandfreies Hochdeutsch) ganz schnell und bestimmt auf Vordermann zu bringen vermochte, wenn wir mal wieder »mir« und »mich« verwechselt hatten. Da wir

Jungen untereinander Plattdeutsch sprachen – ich sprach so auch mit meinem Vater –, war uns der Unterschied zwischen Dativ und Akkusativ nicht immer geläufig: In Platt steht hier wie dort nur »mi« (»give mi mol« oder »dat is för mi«). Und wir wagten auch kaum ein Drucksen, wenn sie uns nicht immer nur Indianerbücher leihen wollte (»Renner« waren die Tecumseh-Bücher von Fritz Steuben), sondern uns stattdessen »Kapitäns Bontekoes Schiffsjungen« von Johan Fabricius in die Hand drückte oder Detektivgeschichten wie »Das Rote U« von Wilhelm Matthießen. Den größten Erfolg hatte das Fräulein Ausleihbibliothekarin bei uns seefahrtorientierten, morsezeichenvertrauten Hafenstädtern mit Trygve Hjorth Johansens »Fabelhaft Henrik«, der Geschichte des wachsam-aufmerksamen Henrik, der entdeckt, dass der Bankräuber im Gerichtssaal seinen Komplizen das Geldversteck heimlich durch Morsezeichen verrät, indem er mit den Ohren wackelt.[5]

Einer meiner Lehrer (Ernst Uhsemann) veröffentlichte damals eine aufs Wesentliche gekürzte, jugendgerechte Nacherzählung von Philipp Galens dickleibigem Historienschinken »Der Strandvogt von Jasmund«. Wir lasen diese spannende Geschichte aus dem Befreiungskampf Schills gegen Napoleon in Stralsund 1809 mit hochroten Ohren (und erlebten Schills Kampf fast wie den Kampf Winnetous gegen die bösen Bleichgesichter). Diesem Lehrer – er hatte sich auch als Heimatforscher einen Namen gemacht und schon 1924 zusammen mit dem Büchereidirektor eine Geschichte der Stralsunder Stadtbibliothek veröffentlicht[6] – verdanke ich wahrscheinlich die Vermittlung als »Bücherjunge« – vielleicht in der aufmerksamsorgfältigen Absicht eines guten Pädagogen, mir eine Gegenwelt zu jener marktbeherrschenden zu demonstrieren, die mit uns auf den Straßen stramm marschierte.

»Bücherjunge« nannten sich (bis lange nach dem Krieg) jene flinkfüßigen Helfer, die sich als Schüler gerne nebenher ein kleines Taschengeld verdienen mochten und ins Magazin zu sausen hatten, um die von der Bibliothekarin empfohlenen Bücher herbeizuschaffen. Das klingt simpler, als es war; denn die abertausend Bücher standen nach Größe und Benutzungshäufigkeit sortiert (natürlich gab es auch Doppel- und Mehrfachstücke). Eine der fortschrittlichsten Ideen neuerer Bibliotheksprogrammatik nennt sich »Dreigeteilte Bibliothek«; die brave Volksbücherei meiner Bücherjungenzeit war so gesehen bereits zwölfgeteilt.

In der Bücherei verlief die Welt tatsächlich weniger stramm; sie war seriös und gedämpfter! Und je tiefer man ins Magazin vorzudringen hatte, desto ehrfürchtiger wurde das Staunen ob der dort getürmten Weisheit. Ganz hinten, wo der Staub in den Lichtbahnen flimmerte wie in Kathedralen, leuchteten die Namen der Klassiker in Goldbuchstaben auf den Buchrücken. Man konnte auch einen Blick in den Lesesaal riskieren, wo Zigarren- und Pfeifenrauch brodelte wie Weihrauch in der Kirche. Und man hatte vor allem immer wieder Gelegenheit, seine Nase in eines jener Bücher im Magazin zu stecken, die an uns Jugendliche sicher noch nicht entliehen worden wären. Ich erinnere mich an das »Buch zum Film«: Kilian Kolls »Urlaub auf Ehrenwort«, das uns verlockte, oder auch an Walter Flex' »Der Wanderer zwischen beiden Welten«. »Wir wollen das nicht mehr«, war die Meinung zu Flex nach dem Zweiten Weltkrieg; erschienen war das Buch aber schon während des Ersten (1917). Was uns damals ansprach, war auch zweifellos nicht die im Hintergrund wabernde, von uns noch gar nicht verstandene patriotisch-emphatische Ideologie, sondern schlicht die Poesie:

»Wildgänse rauschen durch die Nacht
mit schrillem Schrei nach Norden.
Unstete Fahrt – habt acht, habt acht,
die Welt ist voller Morden …«

Das ist per se auch heute noch schön und – aktuell! Man gehe nur mal auf die Sundischen Wiesen, an die Land-Enden bei Barhöft oder Pramort, wo wir damals unsere Zelte aufschlugen und bei Meeresrauschen, Mondschein und Vogelgeflappere schaurig-gewaltige Nächte durchlebten.

Auch die Lieder, die wir sangen, waren keinesfalls alle nur von stupider Ignoranz geprägt:

»Und die Morgenfrühe, das ist unsere Zeit,
wenn die Winde um die Berge singen,
die Sonne macht dann die Täler weit
und das Leben, das Leben, das wird sie uns bringen …«

Für viele durchaus poesievolle Texte garantierten Autoren wie (im zitierten Beispiel) Hans Baumann, der sich nach 1945 mit erfolgreichen Jugendbüchern profilierte, oder Börries Freiherr von Münchhausen, einer der großen deutschen Balladendichter, dessen Lieder schon von der Jugendbewegung vor 1933 begeistert aufgenommen worden waren.

Wenn wir sangen: »Mit uns zieht die neue Zeit, wann wir schreiten Seit' an Seit' und die alten Lieder singen …«, so ahnten wir kaum, dass Hermann Claudius diesen Text bereits 1920 veröffentlicht hatte (»Lieder der Unruh«); wir nahmen ihn als ganz aktuell auf die Gegenwart und auf uns gemünzt. Hier waren dann vielleicht doch raffinierte indoktrinäre Manipulationen oder dumpfe Emotionen mit im Spiel, wie etwa bei dem berühmt-berüchtigten »Heute gehört …« (oder: »Da hört«) »… uns Deutschland und morgen die ganze Welt« – der Refrain des martialischen Schlachtengesanges »Es zittern die morschen Knochen«. Wer bis zur dritten Strophe durchhielt, der konnte allerdings auch singen: »Sie wollen das Lied nicht begreifen, sie denken an Knechtschaft und Krieg – derweil unsre Äcker reifen. Du Fahne der Freiheit, flieg! … die Freiheit stand auf in Deutschland und morgen gehört ihr die Welt.« Geschrieben hatte Baumann diesen Text angeblich schon vor 1933, als Mitglied der katholischen Jugendorganisation »Neudeutschland«.

Später, bis 1945, lasen wir dann – wieder als »normale« Benutzer »vor der Theke« – stapelweise die vermutlich heroisch akzentuierten Biografien von Kaisern und Königen und die Geschichtsabenteuer wie den »Kampf um Rom« von Felix Dahn. Gebildet hat sich dabei eine Vorstellung vom Lauf der Welt, von seinen Abenteurern in Nerz und Robe, vom ewig währenden Auf und Ab menschlicher Größe und Zerbrechlichkeit, von Pflichterfüllung und Niedertracht. Lesen bildet, sagt man; kann es auch verbilden? In der Schule in Stralsund behandelten wir selbstverständlich Schillers »Wallenstein«; die Stadt feiert auch heute alljährlich ihre erfolgreiche Gegenwehr mit einem »Hohnblasen«. Wir lasen ihn sogar mit verteilten Rollen: »Von der Parteien Gunst und Hass verwirrt / Schwankt sein Charakterbild in der Geschichte« – lernten wir dabei. Und galt das etwa auch für die übrigen »Helden« unserer Bücher, ja unserer Gegenwart? Hieß das nicht sogar, dass Fakten das eine, Darstellungsweise und Interpretation etwas anderes sind? Ahnten wir es bloß? Oder zeigte uns gar jemand auch diese Abgründe und Ungereimtheiten des Lebens, die möglichen Verfälschungen in der Berichterstattung? Selbstverständlich kam auch der Freiheitsheld »Egmont« (Goethe) zur Sprache. Wie sagt da doch der finstere Alba: »Ein Volk wird nicht alt, nicht klug: ein Volk bleibt ewig dumm (immer kindisch).« Wir mochten das nicht glauben!

✻✻✻

Und doch war das Volk der Kaiser und Könige, der Dichter und Denker gerade dabei, in den Abgrund zu marschieren: in gleichem Schritt und Tritt, die »Reihen fest geschlossen«. Die Zeitgeschichte, die bösartig-verzerrende, holte uns langsam, aber sicher ein, heraus aus dem, was man wohl behütete Kindheit nennt, grundierte zunächst nur irritierend, dann auch schon grollend und später gar bedrohend unseren heimeligen Alltag.

Irritierend waren zunächst vor allem die zaghaft-andeutungsreichen Erzählungen und ausweichenden Auskünfte unserer leibhaftigen Helden: der ehemaligen Lehrer und Fähnleinführer, die nach und nach, zum Teil verwundet, zum Teil stolz dekoriert, von der Front auf Urlaub kamen. Von »Sieg Heil« war nur noch wenig die Rede; umso mehr von Dreck und Frust, von Krampf und Krepieren, von merkwürdigen Lagern auch im Hinterland.

Juden habe ich mit Bewusstsein vor 1945 keinen registriert. Das Großfeuer im Herbst 1938 – die Synagoge in der Langenstraße war uns vorher nicht weiter aufgefallen – bedeutete Unruhe und Aufregung, Gebrüll und Geschrei: Fensterscheiben klirrten.[7] Sonst noch was? Gab es denn in Stralsund Juden? In der Schule war mir ein Mitschüler aufgefallen, der beim Religionsunterricht ständig fehlte. Er war aber kein Jude, wie sich herausstellte, sondern ein Katholik – im erzprotestantischen Stralsund sicher schon ein armer Fremdling. Es war uns nicht bewusst, dass unsere beiden beherrschenden Warenhäuser in der »Ossenreyer« (»Tietz« und »Wertheim«) ehemals Juden gehört hatten.[8]

Grollend oder zischend – so erlebten wir dann die Entwicklung der deutschen V-Wunderwaffe in unseren Zeltlagern in Lubmin bei Greifswald, ohne im Geringsten zu ahnen, was da von Peenemünde oder der Greifswalder Oie über unsere Köpfe in den Himmel schoss (erste Versuchsmuster starteten bereits 1937).[9]

Beherrschender waren 1941 die Siegesmeldungen vom beginnenden Russland-Feldzug und später jene vom U-Boot-Krieg im fernen Atlantik, wo auch mein Vater weilte.

War das Zeltlager 1939 am Mövenort auf Wittow/Rügen noch überaus primitiv gewesen (nach immerhin sechs Jahren Nazi-Herrschaft) – wir wuschen uns morgens und putzten unsere Zähne im Salzwasser der oftmals aufgewühlten See –, so war das Lager in Lubmin mit allen wünschenswerten zivilisatorischen Installationen versehen. Und irgendwann waren wir Stralsunder dort nicht mehr nur Teilnehmer (mit Appell, Flaggenhissen, Geländemarsch etc.), sondern genossen Jahr für Jahr die Privilegien einer »Wachmannschaft« – über lange Wochen, mit etwas ausgegrenzter Behausung und relativ freizügiger Bewegungsmöglichkeit, auch wenn ich selbst im Nachhinein nicht zu sagen wüsste, wen oder was wir eigentlich gegen wen oder was beschützen sollten. Was wir allenfalls vermissten, waren die kohlenrußfetten, ansonsten strahlend weißen Dampfer des Seebäderdienstes Ostpreußen, die am Mövenort fleißig und unentwegt die Kurve um das Kap Arkona suchten – für unsere jugendlichen Fantasien wahre Fata Morganen für Weitensehnsucht und Abenteuerlust. Der zumeist sommerlich-glastige Ausblick in Lubmin traf immer bloß auf Land: auf die gegenüberliegende Küste von Rügen.

Noch 1943 nahm alles seinen ungetrübten Verlauf. Wir absolvierten Schule und zweimal wöchentlich den stupiden »Dienst«: An öden Heimnachmittagen waren wir froh, einen willigen, begabten Erzähler zu finden, der seine spannende Hauslektüre zu rekapitulieren vermochte. Wir saßen dabei oft auf denselben verkratzten und tintenbefleckten Schulbänken wie am Vormittag. »Das Bild jener Millionen kleiner Hitlerjungen, die Hitlers ›Mein Kampf‹ fleissig und begeistert auswendig lernten, ist frei erfunden und entspricht durchaus nicht der Wirklichkeit. Was man auf den SS-Junkerschulen schon für unverdaulich fand, musste es noch mehr für die jüngeren Altersgruppen sein.« (H. W. Koch: s. Anm. 4, S. 200) Oder wir übten auch »Die Augen links« oder »Links schwenkt marsch« etc.: militärisch vorgeformte Exerzier-Riten aus den preußischen Grenadierzeiten des Alten Fritz. (Auch heutige Soldaten können ja scheinbar nicht alleine vernünftig gehen, sondern nur in »Schritt und Tritt«, sind doch aber erwachsene und mündige Staatsbürger.) An Sonn- und Feiertagen marschierten wir schon mal mit Pauken und Trompeten – wir hatten in Stralsund einen stolzen, sogar prämierten »Fanfarenzug« –, hinter flatternden Fahnen und Wimpeln auf den Alten oder Neuen Markt zum »Appell«. Geschah da eigentlich sonst noch was?

An mir muss das alles abgeperlt sein wie Wasser an Wassertieren (weil ich im Sternzeichen der Fische zu Hause bin?); ich habe jedenfalls keinerlei Erinnerung an wegweisende, bedeutsame Worte. Waren alle hehren Worttiraden nur inhaltsleeres oder für uns noch gar nicht begreifbares Geschwätz? Oder waren die Stralsunder Nazi-Bonzen weniger wortmächtige Patrioten als unser pommerscher Freiheitsbarde Ernst Moritz Arndt, der in Stralsund die Schulbank gedrückt hatte? Wir kämpften sportlich um die Ehre eines Bann- oder gar Gebiets-(Pommern-)Meisters, trainierten in Sonderlehrgängen auch schon für Olympia (1948 wollten wir vielleicht dabei sein). Einmal war ich über sechs Meter weit gesprungen; das entsprach damals in etwa dem Weltrekord der Frauen; aber auch die 8,06 Meter, die der legendäre Wunderathlet Jesse Owens 1936 vorgelegt hatte, kamen damit in abschätzbare Nähe.

Privat gingen wir ins Theater oder zu Musikveranstaltungen in die Aula unserer Schill-Oberschule, wo wir uns in Uniform immer schamhaft in die hinterste Reihe setzten: Uniform wirkte da spürbar deplatziert. Immer wieder wurden wir in Uniform ausgesandt, um für die »Winterhilfe« zu sammeln.[10] Wir tuckerten dann eifrig über die Straßen oder abends durch die Lokale, mit diebischer Freude gern durch den Ratswein-keller: Der bestand aus einem langen Gang und lauter Sepa-rees. Wie oft wurden wir wohl verflucht, wenn wir plötzlich mit unseren Sammelbüchsen rasselnd ein Tête-a-Tête brutal störten? (Nach 1945 diskreditierte man unser altruistisches Tun als »öffentlichen Straßenbettel«; ich habe das beherzigt und verhalte mich bis heute entsprechend distanziert gegen-über brav bittenden Kindern. Was fixe Schreiberlinge so alles verhunzen können!)

Das Aufregendste waren bei alldem die Mädchen: Sie be-kamen plötzlich etwas Irisierendes und bildeten auch damals schon ein eigenes Kapitel. Insgeheim handelten wir sie wie Ak-tienkurse auf Bestseller-Listen. Obenan standen bei fast allen die blonde Jutta und die feurig-schwarzhaarige Annemarie; da-nach aber gingen die Vorlieben und Geschmäcker offensicht-lich stark auseinander. Meine erste Freundin hieß 1943 Gisela (kommt es daher, dass ich den Zusammenklang dieser Vokale bis heute als Wohllaut empfinde?). Nach einem gemeinsamen Theaterbesuch von Lehárs »Paganini« (»Gern hab' ich die Frau'n geküsst ...«) geschah's beim Abschied in einer Haustüre der Mönchstraße. Vielleicht muss man für jüngere Leser anmer-ken, dass ein schüchterner Kuss, womöglich das Knutschen in dunklen Hausecken tatsächlich schon das Äußerste jener Gefühle waren, die vermutlich als schicklich galten und die zu überschreiten uns schlicht die Courage fehlte. (Was eine Frau so richtig ausmacht, habe ich jedenfalls erst nach 1945 erfahren.) In Stralsund »ging« man miteinander; so nannte sich dieses Tun – im Grunde zutreffend für die absolute Harmlosigkeit.

***

Im Winter 1943/44 wurde ich mit anderen Sportkanonen der Stralsunder Marine-HJ zugeordnet: Sie war 1943 beim

Leistungswettkampf fast Bester geworden – auf Reichsebene – und wollte natürlich 1944 Erster werden, zumal die Wettkämpfe für den August an den Strelasund vergeben worden waren. Dieser spezielle Vergleich war ein Zehnkampf mit typischen Marine-Disziplinen wie Flaggenwinken, Seemannsknoten, Rudern u.a., aber auch mit punktereichen, rein sportlichen Teilen: Laufen, Springen, Schwimmen usw. Und das war der Hintergrund dieser klammheimlichen Manipulation: Wir Sportasse sollten kräftig punkten! Also übten wir den Winter über mit den vorgebildeten Kameraden der Marine-HJ fleißig deren Spezialitäten und – alles stand auf Sieg. Als die Schulen zu Ostern 1944 vollends in die sicheren Badeorte evakuiert wurden und die älteren Jahrgänge als Flakhelfer (Flugabwehr) anmusterten, wurden wir potenziellen Reichsmeister einfach »dienstverpflichtet« und auf der Schwedenschanze kaserniert (damals Garnison der Kriegsmarine: 3.S.St.A. des 1. Schiffsstammregiments – Militärfans wissen solche Kürzel zu dechiffrieren). Offiziere und hauptamtliche Trainer, die vermutlich nicht mehr wehrfähig, zum Teil hochdekoriert waren, gaben uns den letzten Schliff. Zum Schwimmtraining fuhren wir sogar bis Tutow bei Grimmen, einem Fliegerhorst mit neuartigster Hallenanlage. Der Wettkampf im August hätte kommen können. Allein …

Was zuvor kam, war der 20. Juli! Wir hatten in diesen Tagen einen Segeltörn nach Hiddensee verabredet: Die eine Gruppe sollte morgens gleich von der Schwedenschanze aus hinsegeln (und tat dies auch); wir anderen sollten mit dem Dampfer vom Hafen fahren – in Hiddensee sollte getauscht werden. Da brach es plötzlich herein: Wir (kampferprobte und siegbewusste, zudem verdienstreiche Junghelden, wie wir meinten: »Hart wie Kruppstahl, zäh wie Leder, flink wie die Windhunde« – so, wie es der »Führer« doch gefordert hatte) wurden vor dem Dampfer von SS und Feldgendarmerie gefilzt und wieder (wie dumme Kinder) in die Kaserne zurückgeschickt. Heute weiß es alle Welt; wann wir es erfuhren, weiß ich nicht mehr: Das Attentat in Rastenburg warf seine Schatten, das Regime demonstrierte auch im Stralsunder Hafen seine Macht und Wachbereitschaft.

Für uns änderte sich danach schlagartig das Klima: Die noch immer irgendwie heile Jugendwelt bekam ihren Knacks. Goebbels bekam wenig später seinen »Totalen Krieg«; propagandistisch verkündet hatte er ihn schon 1943. Mit Datum 25. Juli 1944 ernannte ihn Hitler zum »Reichsbevollmächtigten für totalen Kriegeinsatz«: Theater und Hochschulen wurden stillgelegt, die schöngeistige Buchproduktion eingestellt u.a. Und unsere Wettkämpfe wurden annulliert; stattdessen dampfte uns die Deutsche Reichsbahn am 10. August in einem endlos langen Zug quer durch Pommern bis an die polnische Grenze. Zusammen mit einem wilden, irgendwo im Kreis zusammengekratzten Haufen von Schülern und Lehrlingen sollten wir dort den »Ostwall« schippen. So jedenfalls glaubten wir es damals oder so sagte man es.[11] Aus heutiger Sicht spräche man zur größeren Klarheit vielleicht besser von »Pommernwall«; denn als »Ostwall« wird inzwischen oftmals auch die Bunkeranlage im Oder-Warthe-Bogen (östlich von Berlin) bezeichnet – eine schon seit 1933 projektierte und mit großem Aufwand und äußerster Präzision weitgehend auch gebaute unterirdische Festungsanlage.[12]

***

Lange 17 Wochen waren wir dort in der großen Weite ostdeutscher Wälder, am Rande des Netzebruchs – am Ende der Welt, wie wir meinten. Wir kampierten auf Strohschütten in freigeräumten Wohnstuben der Bauernhäuser nahe dem Grenzübergang von Scharnikau, in Hammer und Floth. Da das Arbeiten nur halbtags angesagt war, jedenfalls für uns Jugendliche, strolchten wir ansonsten durch den leuchtend bunten Herbst, der, morgens noch mit nebligen Schlieren durchsetzt, unbeeindruckt von unserer Buddelei ein großes Abschiedsfest feierte. Dabei entdeckten wir auch eine Scheune auf freiem Feld voller Jagdflugzeuge aus dem Ersten Weltkrieg – vielleicht die Auslagerung eines Museums. Gleichviel, wir setzten uns als Piloten in Positur und spielten Luftkampf à la Richthofen oder Immelmann. Oder wir radelten in die nahe Kreisstadt Schönlanke, etwas geniert, wie immer schon zuvor in Ostpommern – bei Sportfesten in Belgard oder Deutsch Krone, bei Schulungskursen in der Buchheide nahe Stettin oder am Virchow-See bei Bublitz –, weil wir doch auf dem Uniform-Ärmel Ost/Pommern stehen hatten: Ost für das HJ-Obergebiet. Wir fühlten uns aber als West- oder Vorpommern, was meinte: als etwas Fortschrittlicheres. Die in Ost- oder Hinterpommern hatten nach unserem Dafürhalten doch etwas arg Hinterwäldlerisches. Uns gaudierte immer wieder jene hübsche Anekdote von einem preußischen König, der nach Vor- auch Hinterpommern besuchen wollte. Da sollen ihn die »östlichen« mit einem Triumphbogen begrüßt haben, auf dem stand: »Wardst Du im Vordern freundlich aufgenommen, dröhnt aus dem Hintern Dir ein donnerndes Willkommen!«

Angetan hatte es mir allerdings das Töchterlein des Schönwalder Fleischermeisters Kersten; sie hieß Doris. Und es war keine schlechte Zugabe, wenn uns der Papa (ein Fleischer ist ein Schlachter ist ein Metzger) beim Besuch heimlich in einem Hinterstübchen Würste servierte, so viel wir nur essen mochten – alle ohne Lebensmittelmarken.

»Vorne«, an der »Schipp-Front«[13], war die Verpflegung im Übrigen ausgezeichnet! Da griff die deutsche Versorgungsmaschinerie nochmals voll in ihre gehorteten Vorräte. So wir uns über die Grenze trauten, konnten wir im eigentlichen (polnischen) Czarnikau körbeweise Tomaten kaufen.

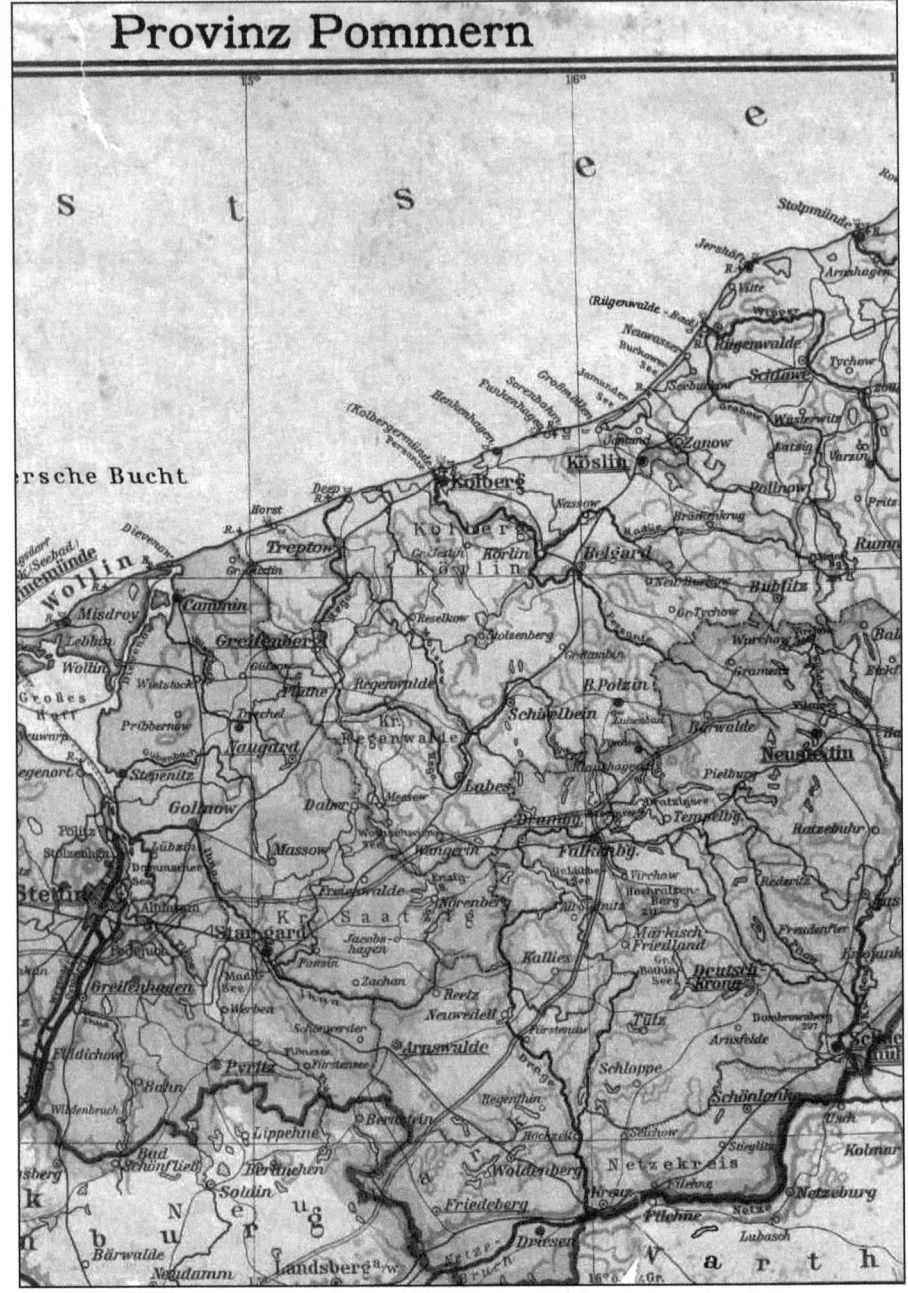

Die Situation an der Netze bei Schönlanke/Czarnikau und am Madüsee bei Stargard 1944. Der Kartograph hat allerdings mit zeitgenössisch-großdeutschem Elan Czarnikau bereits in Netzeburg umbenannt (unten rechts) und Autobahnstrecken quer durch Hinterpommern eingezeichnet, die es tatsächlich noch gar nicht gab.

Höhepunkt dieser für uns schon ungewohnten »Völlerei« war aber an jedem Samstagvormittag die Zuteilung einer Wochenend-Sonderration: Pro Kopf gab es ein halbes Weißbrot mit einer respektablen Menge Butter und Marmelade. Wir verschlangen das alles auf einen Sitz! Und fühlten uns danach wie Gott in Frankreich oder wie im warmen Hafen bei unruhiger See.

Der Schrecken des Krieges, genauer gesagt: der des Bombenkrieges tangierte mich Mitte Oktober glücklicherweise nur indirekt und aushaltbar: Am 6. Oktober hatten britische Bomberverbände zum ersten Mal so richtig Stralsund ins Visier genommen; bei allen Fliegeralarmen davor waren sie zumeist über uns weg. Die V-Waffen-Schmiede Peenemünde, das Hydrier-Werk bei Stettin, die großen Umschlaghäfen von Saßnitz und Swinemünde waren sicherlich lohnendere Ziele.

In beklommener Stimmung fuhren wir vom ruhig-friedlichen »Ostwall« auf »Heimaturlaub«, am Bahnhof in Empfang genommen nicht von Eltern oder Anverwandten, sondern von geschäftigen Ordnungskräften, die uns geflissentlich auseinandersortierten: Ich gehörte zur Gruppe derer, die anschließend nach Hause gehen konnten oder deren Eltern doch irgendwo lebend zu finden waren. Meine hatten unser zerbombtes Haus zwar räumen müssen, waren aber wohlbehalten bei einem Bruder meiner Mutter untergekommen. (Das Haus meiner Oma in der Ravensbergerstraße – Begegnungsstätte und Rahmen für unzählige Feste der Großfamilie – erlitt einen Volltreffer; noch 50 Jahre später klaffte dort eine Baulücke.)

Relativ gesehen war Stralsund noch glimpflich davongekommen: Nur ein Drittel des städtischen Wohnraums galt als zerstört oder beschädigt; verrottet ist die Altstadt dann erst nach dem Krieg. Es waren aber doch 623 Tote in Stralsund zu beklagen; und mancher Freund oder Schulkamerad war betroffen (und blieb hernach zu Hause). Wir liefen durch die noch rauchenden Trümmer und hatten zum ersten Mal so eine richtig scheußliche Magenleere. Völlig zerstört wurde beispielsweise das Semlowertor, eines der drei überkommenen alten Stadttore; dort hatten wir vorher immer bei Fliegeralarm erscheinen müssen, in einem dortigen Keller war unsere Einsatzzentrale, den Weg dorthin kannte ich auch bei Nacht und Nebel genau.

Die restlichen Wochen an der alten pommerschen Ostgrenze waren schon jahreszeitlich gesehen nurmehr grau, trist, regnerisch und dreckig. Die eigentliche Düsternis verursachte aber doch der Stralsunder Schock! Vielleicht zur Aufhellung wurden mein Freund Erwin und ich im November zu Oberjungzugführern befördert (Beförderungstag war sicher der 9.11., nationaler Feiertag zur Erinnerung an den »Marsch auf die Feldherrnhalle« 1923). Gemessen an den zwei Sternen mit Streifen auf den Achselklappen entsprach das wohl schon dem Rang eines Hauptmanns! Hauptpersonen oder Häuptlinge waren wir ja sicherlich da draußen an der Netze, wo wir den Einsatz unserer Hundertschaften organisierten; waren wir aber schon Männer mit unseren 16 Jahren?

Wir waren auf jeden Fall noch immer Pimpfe, worauf wir zur Abgrenzung auch Wert legten. Gegen die eigentliche (braune) Hitler-Jugend hatten wir irgendwas. Die war uns irgendwie zu steif. Trug man da zur Uniform nicht sogar Stiefel und einengende Lederriemen? Unsere schwarzblaue Pimpfenkluft gefiel uns! (Wir hatten sogar schwarze und keine roten Fahnen mit Hakenkreuz.) Unsere Klamotten waren auch praktisch: Sommer- wie Winterhose ließen sich selbst privat tragen. Da draußen am Ostwall liefen wir am Schluss aber allesamt irgendwie herum, das heißt, jeder hatte sich so warme und strapazierfähige Kleider besorgt oder vom »Heimaturlaub« mitgebracht wie irgend möglich. Ich trug einen alten, knöchellangen Eisenbahnermantel meines Vaters und stapfte über die aufgeweichten, morastigen Dorfstraßen und Feldwege in Holzpantinen, die absolut wasserdicht waren und ein paar Zentimeter vom Straßendreck abhoben.

Seit Ostern war nun keine Schule mehr gewesen. Was wir ohnehin besser hätten brauchen können als Deutsch- oder Geschichtsunterricht und als Biologie (im Sinne von Kunde über das gewordene und funktionierende Leben), wäre eine Überlebenskunde gewesen, eine Unterrichtung in Überlebensstrategien bei Bombenterror, Krieg und sonstiger Gefährdung, keine Wehr-, sondern eine Erwehr-Ertüchtigung. (Der Unterschied ist sicher so groß wie der zwischen einem Kriegs- und einem Verteidigungsminister.)

Was unsere Verschanzungen betrifft, die wir in monatelanger schweißtreibender und unterrichtshemmender Schufterei erstellt hatten (ich war dort bis Anfang Dezember im Einsatz): Sie waren absolut sinnlos! Genau dort nämlich, bei Scharnikau, überschritten russische Kampfverbände nur einige Wochen später, Ende Januar 1945, die Netze, ohne auch nur ansatzweise durch unsere Gräben behindert zu werden. Schönlanke war am 28.1. eine der ersten deutschen Städte im Reichsgebiet, die russische Panzer vor den Toren sah. In der Tagesmeldung der Heeresgruppe Weichsel hatte es am 26. Januar 1945 geheißen:

»An der rechten Grenze des stellv. II.A.K. erzwang der Feind mit etwa 1 Panzerbrigade den Übergang über die Netze bei Scharnikau und stieß ... mit einer Gruppe von 8–10 Pz in nördlicher Richtung auf Schönlanke ... vor« (zitiert nach H. Lindenblatt: Pommern 1945).

***

Ende Januar 1945 wurden wir in Stralsund erneut aufgeboten. Jetzt ging es schon nicht mehr um einen »Ostwall« im fernen

31

Hinterpommern, sondern sehr viel konkreter – das heißt vorstellbar und bedrängender, da auf uns bezogen – um einen Vorpommern-Wall. Irgendwo zwischen Stargard und Stettin sollten wir ihn schippen. Abgesehen aber von der Jahreszeit, diesem eisigen Winter 1945, waren auch die äußeren Bedingungen unseres Aufenthaltes unzumutbar. Hatten wir uns am Ostwall geradezu über die heimelig-anständige Atmosphäre in den Bauernhäusern und die vorzügliche, nach einigen schmalen Kriegsjahren sogar hervorragende Verpflegung gefreut, so kampierten wir jetzt in einem riesigen, zugigen, leer geräumten Stallgebäude auf ständig feuchten Strohschütten. Die Nasen kamen nicht dagegen an! Die ständige Unruhe in dem großen hallenden Raum – wir waren dort einige Hundert Jungen – war so enervierend, dass von richtigem Schlaf keine Rede sein konnte. War Mövenort 1939 noch primitiv gewesen (nach immerhin sechs Jahren Nazi-Herrschaft), so war dies hier nun indiskutabel. Und dazwischen soll also der ganze Siegesrausch gelegen haben? Wann oder wo gab es eigentlich die gerühmte Nazi-Herrlichkeit?

Dort im Stettiner Vorfeld schuf die miserable Situation ein leichtes Spiel für Rattenfänger in neuerer Gewandung: Ein hochdekorierter Offizier – graue Uniform, aber braune Mütze: solche Vermischungen fingen an, Mode zu werden – warb eines Tages vor versammelter Mannschaft für ein Panzerjagdkommando, das mit »Panzerfäusten« den Russen ganz handfest und direkt Paroli bieten sollte. Ich glaube, dass unsere gesamte Führungsmannschaft diesem Aufruf geradezu begeistert folgte. Im Grunde begingen wir ja so etwas wie Fahnenflucht: Ich weiß nicht, was aus dem ohnehin undisziplinierten, wilden, zu Recht verärgerten Haufen der übrigen Schipper geworden ist. Wir gingen nicht mit Hurra; wir waren keine fanatischen Nazi-Burschen, keine Führer-Heil-geilen »Wehrwölfe«, allenfalls auf Abenteuer versessene Schulbuben, die eher Old Shatterhand als

32

Hitler im Sinn hatten. Wir liefen schlicht davon ob der widerlichen, trostlosen Erbärmlichkeit unserer Unterkunft – Fahne hin oder her (geschworen hatten wir wohl nicht).

Und wieder machte es dann doch wenigstens Spaß: Wir kampierten mehr schlecht als recht, aber immerhin trocken in einem Barackenlager bei Arnimswalde und – lernten etwas aufregend Neues: Panzerfaust-Bedienung nämlich und das Schießen mit Maschinengewehr (MG) und -pistole (auch Sturmgewehr genannt). Es war schon ein Rausch, zu sehen, dass ein Ziegelsteinhaufen einfach nicht mehr da war, wenn man mit dem MG nur mal eben draufgehalten hatte. Ist es das, was urtriebig manche Soldaten zu Mördern werden lässt?

Das war nun alles von anderer Qualität, eine andere Kategorie: kein Sport-Schießen mit Luftgewehr oder Kleinkaliber auf Pappscheiben mehr, sondern die Ausbildung an Tötungsapparaten. All das vorher, auch die Geländespiele mit Orientierung an den Sternen oder mithilfe eines Kompasses, war Jungenromantik gewesen, Lust am Spiel, Freude an der freien Bewegung im Gelände, in der Natur – überkommen von der bündischen Jugend vor 1933 –, was nicht besser zu belegen ist als mit der Tatsache, dass wir in der übrigen Zeit, ganz privat, auch nichts lieber spielten; nur nannten wir es dann »Trapper und Indianer« und knoteten die Feinde an den Marterpfahl. Wenn das schon »Wehrertüchtigung« gewesen sein soll – unter welchem Schimpfwort man dies alles später subsumiert und diskreditiert hat –, dann müsste ich mich heute fragen, wer jetzt unsere Kinder von heute »wehrertüchtigt«, denn was sie doch offensichtlich gerne betreiben, ist das (glücklicherweise nur eingebildete) Abknallen ihrer Spielgefährten mit ihren Plastikpistolen (peng!). Erst unser Training in Arnimswalde gilt wirklich als »Wehrertüchtigung«! Es war sogar schon mehr: Kampftraining nämlich, die gezielte Abrichtung zum Töten, zum Vernichten von Menschen (das waren ja bloß, so ging die Sage: Bolschewisten, meinte: Halbwilde, Räuber, Steppenvieh).

Es gab eine Nacht in Arnimswalde, da ging Unruh durch die Baracke. Gerade warm geworden und eingeschlafen, verpassten wir in unserem Zimmer schlicht die Möglichkeit, zum Helden zu werden: Bei Pyritz, etwa 40 Kilometer südlich von Stargard, stand der Russe plötzlich vor dem Durchbruch nach Stettin. Das war Anfang Februar. Rolf Noll von der Stralsunder Feuerwehr-HJ, der mit uns in Arnimswalde war und den Anschluss nicht versäumte, berichtet in »Der letzte Held«[14], was unsere Kameraden dann erlebten (Noll gehörte zu jenen »Helden«, die noch von Hitler höchstpersönlich in Berlin das Eiserne Kreuz verliehen bekamen). Wir anderen gingen Tags darauf bei schneidenden Temperaturen zwischen Stargard und dem Madü-See in Stellung; es war aber zunächst nicht mehr nötig:

»Im Raum Pyritz und Arnswalde fingen unsere Truppen die angreifenden Bolschewisten auf, befreiten im schwungvollen Gegenstoß mehrere verloren gegangene Ortschaften und schossen dabei 30 Panzer ab.«
(Aus dem Wehrmachtsbericht vom 8. Februar 1945)

***

Was zu erzählen bleibt von meinem fast erfolgten Kriegseinsatz, sind ein paar makaber-schaurige Episoden, typische Etappen-Erlebnisse vielleicht eines irgendwie Davongekommenen:

Zunächst nahmen wir Quartier in Wulkow, in einem Gutshof etwas östlich von Stargard[15]. Von dort hatten wir einen freien Blick auf die etwas tiefer liegende Stadt, mit ihrer stolzen Marienkirche eine markante Silhouette. Und das bescherte uns dann eines Nachts das grandioseste Feuerwerk, das ich bis dahin und auch seitdem je gesehen habe. Zunächst erhellte ein weihnachtsbaumartiges Leuchtgebilde den nachtschwarzen Himmel. Dann schien irgendeine farbige Masse phosphorisierend auf die Stadt zu gluckern, die zu brennen begonnen hatte, in der es dann auch krachte und aus der heraus man offensichtlich in den Himmel leuchtete und schoss, wo es dann blitzte und donnerte. Was ich skizziere, war der von mir als Zuschauer erlebte Angriff alliierter Bomberverbände auf Stargard am 18./19. Februar 1945. Ich denke seitdem in jeder Silvesternacht daran, wenn sich die Menschheit an Knallkörpern und Feuerschlangen berauscht. Nein, man wünscht all diesen Feuerwerks-Enthusiasten gewiss keine solche Bombennacht – mir jedenfalls hat dieses Spektakel für immer gereicht!

Stargard brannte und glühte dann etliche Tage. Und wir durften löschen und räumen helfen. Ausdrücklich war uns gesagt worden, dass wir nebenher essen und trinken durften, was immer wir fanden. Das ergab vor allem in den ersten Nächten diese unvergesslich-unwirkliche Szenerie: Helfen, Retten und Sich-den-Bauch-Vollschlagen inmitten von Feuerschein, einstürzenden Wänden und das Weite suchenden Einwohnern. Dieser unfassbar grausigen Herausforderung folgte fast postwendend eine schaurig-schöne, als nämlich Anfang März der militärische Verpflegungsbunker seine Pforten öffnete: Bedient euch, Leute; nehmt, was ihr wollt; den Rest frisst eh nur der Iwan. Wir wandelten durch die hohen Räume, durch die vielen Stockwerke bei dürftigem Licht und trauten unseren Augen und Sinnen nicht: Da hingen komplette Rinder, Schweine und anderes Getier herdenweise an Haken in den Kühlräumen; da gab es Wein und Schnaps gleich fässerweise; die Schokolade tausendstückweise in runden Blechschachteln. Nie zuvor und auch nie danach wieder habe ich menschliche Futterage in einer solchen Häufung unter solch verrückten Vorzeichen gesehen. Ein Vorhof der Hölle! Hat nicht schon Dante so etwas beschrieben? Breughel so etwas gemalt (Pieter d. J., der

»Höllenbreughel«)? Wir fraßen und soffen uns durch – man kann es kaum anders nennen. Wir packten ein, was wir schleppen konnten – vergebens, es war nicht vorstellbar, wer diese Mengen je sollte verkraften können. (Haben die russischen Eroberer damit neue Kräfte getankt oder wurde doch noch alles, wie es üblich war, in die Luft gesprengt?)[16]

Wir beschmierten noch tagelang danach unsere Stullen dick mit erbeuteter Mettwurst (war das vielleicht delikate Rügenwalder Teewurst?) und streuten dann fingerdick Zucker darüber! Die reinste Völlerei. Wir genossen dies als Delikatesse – vielleicht ist es ja eine. (»In der größten Not schmeckt die Wurst selbst ohne Brot.«)

Am Schluss dieses Stargarder Abenteuers nahmen wir Quartier in bereits verlassenen Villen am nördlichen Stadtrand. Etwas gewaltsam hatten wir uns Eingang verschaffen müssen. Drinnen atmete noch alles die Anwesenheit der bereits Geflohenen. Irgendwer begann Kartoffelpuffer zu bruzzeln (die wir Kartoffelkuchen nannten), verführt durch die Kellervorräte: sorgfältig eingeweicktes und gehortetes Obst. Wir gingen also tatsächlich an das Eingemachte – nicht bloß gemäß einer dummen Redensart. Die freie Zeit vertrieben wir uns mit den reichen Bücherschätzen. Sprach da nicht irgendwann im Radio auch der »Führer«? In meinem Quartier hatte ein Vorbewohner Filmprogramme gesammelt, wie man sie damals an der Kasse für ein paar Pfennige zu jedem Film kaufen konnte: vier DIN-A-4-große Bildprospekte. Dies war der »Renner« in diesen irgendwie luftleeren, zeitlosen Tagen! Da konnten wir sie alle nochmals bewundern, die Stars unserer Kinoträume: die raustimmige Zarah Leander, die beineschwingende Marika Rökk und die wasseräugige Kristina Söderbaum, die so hingebungsvoll zu leiden und zu sterben wusste (»Immensee« nach Theodor Storm; »Opfergang« nach Rudolf H. Binding u.a.). Natürlich auch all die Leichtgeschürzten, die auf uns schon sexy wirkten, wiewohl wir das noch deutsch zu empfinden verstanden.

War dies etwa jenes süße Etappenleben, von dem unsere Väter immer in ihren Erinnerungen an den Ersten Weltkrieg geschwärmt hatten? Ich weiß nicht mehr, ob wir überhaupt noch was dachten oder fühlten oder gar planten. Eine fatalistische Grundhaltung war uns sicher zu eigen geworden (Landser-Mentalität?). Diese Herumgammelei hätte von uns aus ruhig noch so bleiben dürfen.

Doch plötzlich war der Russe dann doch da! Wir schnappten uns, was immer wir glaubten mitnehmen zu sollen und zu können, und retirierten nordwärts, zurück zu unserem Ausgangslager Arnimswalde. Der Weg überquerte die Autobahn, die hinter Stettin noch ein Stück weit gen Osten fertig geworden war. Ströme von Flüchtlingstrecks krochen da gen Westen: vierreihig, auf jeder Autobahnseite doppelspurig, Wagen an Wagen, grau, vereist, sichtbar schon gezeichnet. Wie hatte es doch nach der Eroberung Polens so eindrucksvoll geheißen: Mit Mann und Ross und Wagen hat sie der Herr geschlagen.

Irgendwie hatte ich mir eine Blutvergiftung zugezogen: Die Narbe an meinem Finger ist noch heute eine bleibende Erinnerung. Hatte ich mich irgendwo gerissen? An einem Stacheldraht? Beim Löschen und Räumen Stargards? Im Stettiner Lazarett sprach man gewichtig von einem möglichen Streifschuss. War das Wichtigtuerei? Oder vielleicht blinzelnde Barmherzigkeit mit einem Pimpfen, den man aus der Gefahrenzone verhelfen konnte? (R. Noll beispielsweise marschierte anschließend noch zum Fronteinsatz bis nach Kolberg, 200 Kilometer weiter östlich – um dann in Sibirien zu landen.) Mein Arm wurde eingegipst und auf eine Schiene gelegt. So fuhr ich zurück nach Hause – ehrfürchtig oder mitleidig bestaunt von allen Mitreisenden, die mir jungem Spund gegebenenfalls sogar ihren Platz anboten.

***

Meinen 17. Geburtstag am 15. März feierte ich noch einmal, zum letzten Mal in meiner Heimatstadt. Quasi als Geburtstagsgeschenk erreichte mich danach prompt der Einberufungsbefehl: In Naestved auf Seeland – Dänemark war 1940 von deutschen Truppen besetzt worden – sollte ich dann und dann meine militärische Karriere starten. Die Militärbürokratie funktionierte ergo noch immer bestens. Ich marschierte aber zunächst zu meinem Bannführer: Der war schließlich für mich als »Kriegsdienstverpflichteter« noch immer so etwas wie mein Arbeitgeber. Und siehe da, er intervenierte, sodass mein Einberufungsbefehl einfach storniert wurde! Auch die Parteibürokratie funktionierte ergo noch immer. So ergab sich als Ironie des Schicksals, dass ich zwar, wie alle meine Freunde, Kriegsfreiwilliger gewesen war – für die Panzerwaffe (auf unserer Achselklappe trugen wir daraufhin stolz einen roten Streifen); fast wäre ich sogar ein Frontkämpfer geworden. Aber ich bin nie ein richtiger Soldat geworden – weder damals noch später.

Stattdessen ernannte mich der Bannführer nun sogar zum Jungstammführer; eine »Dienststellung« musste bei der HJ keine Entsprechung im »Dienstrang« haben – da blieb ich bis zum Ende Oberjungzugführer. Jungstammführer bedeutete: <u>weiße</u> Kordel von der linken Achselklappe bis zur Brusttasche; wir nannten das Gehänge despektierlich »Affenschaukel«. Ich war aber offensichtlich ein Führer ohne Volk, ohne Jungstamm, ohne Jungenschaften – die befanden sich wohl weitgehend noch immer bei der KLV (Kinderlandverschickung). Der einzige »Appell«, an den ich mich erinnere, war eine ganz traurige Veranstaltung: Da verloren sich vielleicht hundert[17], nur noch spärlich in Uniform gekleidete Pimpfe auf dem Sportplatz der Brunnenaue.

Blick auf Stralsund im Winter. Gemälde von Edith Dettmann (1939)

Der Bannführer hatte mich gleichzeitig auch zum Schipp-Be-
auftragten ernannt. Tatsächlich schippten wir dann auch noch
vor Stralsund an irgendwelchen Gräben herum: am nördlichen
Stadtrand kurioserweise. Der Unwille der überwiegend älteren
Männer (»Volkssturm«) war unübersehbar und entlud sich in
ständigen Reibereien mit den beobachtenden Parteibonzen und
den Aufsicht führenden Experten der »Organisation Todt«, die
zuvor u.a. den Atlantik-Wall gebaut hatte und vermutlich auf
präzisere Planung und Arbeit programmiert war.

Hatten diese »Ehren« für mich eventuell allesamt nur die
Funktion eines Alibis? Waren sie so etwas wie eine Recht-
fertigung für meinen Bannführer? Muss ich ihn vielleicht
sogar zu meinen väterlichen Freunden und Förderern (und
Beschützern) rechnen? Er mochte mich wohl irgendwie. Und
wir respektierten ihn ohne Vorbehalt. Wir begegneten ihm
gern auf seinem täglichen Weg in seine Dienststelle: strammen
Schritts – die personifizierte Pflichterfüllung –, in makelloser

Uniform, seinen »Führerdolch« fest im Griff (ich nehme an, dass der sonst beim Gehen unangenehm schlackerte). Unser Bannführer hatte einen hugenottischen Namen – ich glaube: Chamier – und war zuvor der Jugendherbergsvater gewesen. Dort, am Kütertor, wohnte er noch immer; er hatte also einen schönen Dienstweg am Knieperwall entlang, am Theater und der Schill-Anlage vorbei die Sarnowstraße auswärts bis da, wo heute noch am Knick der nach Gerhart Hauptmann bzw. Friedrich Naumann benannten Straße am Strelasund der Ruder-Club residiert (dort waren damals in den oberen Etagen die Diensträume der HJ-Bannführung). Edith Dettmann hat 1939 die lichte Atmosphäre vor dem Kniepertor und um das Theater herum sogar in ihrem Stralsunder Winterbild eindrucksvoll zusammengerafft; das Gemälde hing nach 1945 für Heimwehkranke im Kieler Rantzau-Bau: »Stiftung Pommern«. Der Knieperwall war damals noch keine Autosause, sondern ein gepflegter Teichrandweg; um das Schill-Denkmal herum leuchteten Rosen oder anderer Blumenschmuck in einer schönen Gartenanlage. Auch heute noch ist der Raum vor dem Kniepertor Stralsunds festlichster Platz: mit dem ehrwürdigen Johannis-Kloster zur Linken, dem Theatervorplatz zur Rechten und den Türmen von St. Nikolai im Hintergrund.[18] Die stimmungsvolle Atmosphäre am Kniepertor war besonders schön an sonnigen Sommertagen, wenn man aus den kühlen, schattigen Straßen der Innenstadt kam und gleich rechts den Strelasund schimmern sah.

Gradlinig und licht wie sein Dienstweg war mein Bannführer wohl insgesamt; ich erinnere mich jedenfalls keiner martialischen Worte oder gar zackiger Tiraden aus seinem Mund. War er vielleicht gar kein Nazi, nur ein eingefärbter oder sogar bloß braun kostümierter »Wandervogel«? Ursprünglich war er zumindest lediglich der für das »Jungvolk« zuständige Jungbannführer gewesen.

Mit anderen Worten: es gab Braungewandete durchaus dieser und jener Art und Ausprägung, gewiss auch stärker oder weniger stark Gläubige. Nur war das ja nicht einfach erkennbar: Wir Pimpfe stellten die Unterschiede noch rein äußerlich nach dem Schema »sympathisch« oder »ein Ekel« etc. fest. Aber selbst aus dieser harmlos-jugendseligen Klassifizierung heraus erwuchs doch manchmal ein heiliger Zorn gegen allzu ärgerliche Typen mit ihren strammen Durchhalteparolen, von denen wir trotz lautstarker Schreierei (mangels Lautsprecherverstärkung) meist doch nur erleichtert das Ende verstanden: Sieg Heil!

Beim offensichtlich sinnlosen Schippen an Stralsunds Nordrand brummte mal einer verärgert: »Dem ramm ich doch glatt noch mal mein Messer in den Bauch!« Als Pimpfe trugen wir ja immer noch unser Fahrtenmesser am Koppel. Wir anderen grinsten bloß und dachten vielleicht an Schillers »Dolch im Gewande«. Bis einer hinterhältig nachhakte: »Und wenn der Noll nun doch zum Hitler fährt …?!« Ja, wer denn hatte uns eigentlich diesen ganzen Mist eingebrockt? Erst der Wegfall der ersehnten Marine-Wettkämpfe auf dem Strelasund im August, dann die elendig miefigen Strohlager vor Stettin, den unentwegten Fliegeralarm mit den zitternden Aufenthalten in düsteren Kellerlöchern und, und, und. Die Fantasie unserer Abenteuerlust schlug erleichternd-ablenkend feurige Blasen: Und wenn der Noll dann vielleicht dem Hitler …!?

Es blieb aber doch bei einer seltsamen Lethargie in ratloser Erwartung eines Wunders oder Unheils: Wir gammelten während dieser letzten Wochen in Stralsund mehr schlecht als recht herum und ärgerten zum Ausgleich gerne die Marine-Fähnriche, die ihr Domizil am Horst-Wessel-Ring[19] zwischen Tribseer Damm und Barther Straße hatten und mit denen wir schon lange unserer Mädchen wegen im Clinch lagen. Da wir noch immer in den schmucklos-bläulichen Flieger-HJ-Mänteln herumliefen, in die man uns in Arnimswalde gesteckt hatte, durften sie annehmen, wir seien arme, zum strammen Gruß verpflichtete Muschkoten. Wenn sie uns anpflaumten, öffneten wir wortlos grinsend unsere Mäntel, unter denen unsere wahre Identität, nämlich eine ordengeschmückte Pimpfen-Unschuld, zum Vorschein kam.

Irgendwann fasste sich mein Freund Ingberth ein Herz und stiefelte privat zu einem unserer Lehrer, zu dem er ein besonderes Verhältnis hatte. Ich wartete gespannt vor der Haustür. Ingberth kam ganz fahl wieder zum Vorschein: Der Krieg sei verloren, habe der Lehrer gemeint. Wir waren wie vom Donner gerührt! Hatten wir das je für möglich gehalten? Ich glaube, dass wir darüber nie ernsthaft nachgedacht hatten. War das mangelnde Reflektieren nicht ein schieres naives Klammern an Planken in wilder See, ohne dass ein rettendes Ufer auch nur vorstellbar war? Wir wankten geradezu davon. Und ich nahm alle meine Orden und Ehrenzeichen, befestigte sie fein säuberlich an meiner weißen Kordel und schmiss alles in den Moorteich – nicht weit vom Moorteichheim, wo 1938 alles mal so zukunftsfroh angefangen hatte. Das Leistungs(sport)-abzeichen, die Schießauszeichnung mit dem Goldrand, unser selbst erdachtes, offiziell aber toleriertes Goldblatt als Gebiets-(Pommern-)Meister, das wir quer über der linken Brusttasche trugen: Nie mehr, so war die Lehre dieses Erlebnisses, wollte ich mein Herz an irgendein Blechabzeichen hängen! (Ich habe diesen Vorsatz bis heute eingehalten.)

Trotz aller Schützen- und Panzergräben, die wir zwischen Netze und Oder gebaut hatten, stand der Russe am 30. April abends vor Stralsund – von Greifswald kommend, das kampflos übergeben worden war: Ganz Hinterpommern war längst »abgebrannt«. Was sollten wir jetzt machen? Wo war die Instanz, die hätte raten können und die auch nur gewagt hätte, offen und ehrlich zu bekennen? Die Mamas jammerten natürlich und wollten uns am liebsten dabehalten. Sollten wir uns mit ihnen in den Keller flüchten und der Dinge harren, die da auf uns zukamen?

Mit an Sicherheit grenzender Wahrscheinlichkeit wäre das wohl die schlechteste Variante gewesen! Über kurz oder lang wären wir vermutlich verhaftet worden, in »Fünfeichen« gelandet – und vielleicht verreckt. Dort, etwas südlich von Neubrandenburg, hatte die russische politische Polizei (NKWD) sehr schnell im Gelände eines Konzentrationslagers der Nazis ein »Sonder- (oder auch Spezial-) und Straflager« etabliert. Und es reichte offensichtlich schon, Fähnleinführer der Pimpfe gewesen zu sein oder obskur-hinterhältig denunziert zu werden: Die Liquidierung der »Intelligenzija« eines Volkes als Mittel der Machtpolitik hatten Stalins Henkersknechte sorgfältig gelernt und vielfach praktiziert. Nach einer sowjetischen Quelle befanden sich im Februar 1946 in Fünfeichen 9.695 internierte Personen, darunter 86 Führer der Hitlerjugend[20]. Im »Handbuch der Historischen Stätten«[21] steht zu lesen: »Man schätzt, dass zwei Drittel aller Häftlinge durch planmäßig falsche Ernährung (ständig Sauerkrautsuppe) ermordet wurden.«

In dem Strom der Flüchtlinge, die vor den Russen nach und durch Stralsund strömten, hatten wir zufällig auch Ingberths früheren Bannführer entdeckt (Ingberth war bereits aus Neustettin nach Stralsund geflüchtet): auf einem PS-starken Motorrad, in neuer, schmuckloser, feldgrauer Uniform. Nur noch die Achselklappen verrieten einen höheren HJ-Führer! In ähnlicher Maskierung dürften viele Nazis einfach »abhandengekommen« sein: Sie mussten ja nur ihre Achselklappen abknöpfen. Von Ingberths Bannführer kam uns die Losung: »Auf nach Rügen! Da formiert sich der letzte Widerstand.« Was aus meinem Bannführer geworden ist, weiß ich nicht.

Auf einem Sondierungsgang durch Stralsund war uns eine weitere Möglichkeit der »Endlösung« begegnet: Wir gerieten ahnungslos in die Straßensperre eines deutschen Auffang-kommandos. Für Feldgendarmen und SS-Patrouillen war es zweifelsfrei sehr viel angenehmer, versprengte Landser oder »wehrfähige« Schüler aufzugreifen (gegebenenfalls sogar auf-zuknüpfen), als selber ins russische Schussfeld oder gar in Gefangenschaft zu geraten. Nur durch Dreistigkeit und mit Glück kamen wir davon: Ein ehemaliger Schulfreund, heimgekehrter Adolf-Hitler-Schüler, identifizierte mich und stand dafür ein, dass ich kein Entlaufener sei.

Wir gingen nochmals zum »Bann«. Dort hatten inzwischen die Vandalen gehaust; das war einst ein germanischer Volks-stamm gewesen, der denselben Göttern huldigte wie die Nazis: Was immer man hatte zerschlagen können, ob Fenster, Stühle, Lampen oder Telefone – es war brutal demoliert worden. Es waren wohl letzte Zuckungen ideologisch verirrter Fanatiker. Ansonsten herrschte dort gähnende Leere, eine beklemmende, unheimliche Stille. Nur auf dem Tisch der Bannmädelführerin lagen gleichsam zur »Begrüßung« markige Worte des Inhalts: Wenn wir untergehn, so mit uns die ganze Welt.

Blieb als letzte uns bekannte Instanz die Kreisleitung der Nazi-Partei, schräg gegenüber vom Hauptbahnhof: NSDAP – Nationalsozialistische Deutsche Arbeiterpartei – national und sozial(istisch) und deutsch, eine Partei für Arbeiter – klang das nicht eigentlich gut? Parteien haben es wohl schon immer verstanden, sich anziehend anzumalen … Dort waren ersicht-lich alle blau; leere Cognac- und Champagnerflaschen stan-den herum: Es verschlug einem schier den Atem! Uns guckte man aus glasigen Augen an wie Wesen einer anderen Welt und drängte uns sanft, aber bestimmt aus dem Haus. Überall hin-gen nun plötzlich weiße Lappen und Laken aus den Häusern: Weltuntergangstimmung.

So machten wir uns denn auf den angeratenen Weg nach Rügen – uns behutsam zwischen Frankenteich und Bahngelände Richtung Rügendamm vortastend. Wir begegneten einer Gruppe von Hitlerjungen unter Führung eines SS-Führers – auf dem Rückzug: Der Russe stand angeblich schon vor dem Damm. Wir machten daraufhin einen Rückwärtsbogen an den Teichen entlang zum Hafen, in der Hoffnung, irgendein Boot zum Übersetzen zu finden. Soweit dort überhaupt noch Boote oder Kutter lagen, waren sie massiv am Kai verkettet oder offensichtlich zerstört worden. Das erlebten wir dann nochmals in makabrer Weise am Bootshaus des Ruderclubs unter der Banndienststelle: Wir schleppten zunächst ein oder zwei Zweierboote, schließlich auch andere Boote ins Wasser, doch alle sackten in Kürze weg, ihre Böden waren gezielt leck geschlagen worden – vermutlich von den gleichen Vandalen, deren Zerstörungswut wir am Nachmittag schon oben in den Büroräumen bestaunt hatten.

Inzwischen war Mitternacht vorüber; der 1. Mai brach an. Über dem Strelasund blinkten die Sterne und blies ein kühler Atem – wie nicht ungewohnt. Altefähr war gut zu erkennen und schattenhaft auch der Rügendamm. Dunkel grummelten von irgendwoher Detonationen, vermutlich Sprengungen. Ansonsten war dort absolute Stille, ein geradezu heiliger Frieden, kein Mensch weit und breit. Dass um uns herum Krieg war, dass wir unentwegt am Rande eines Abgrunds wandelten – vergegenwärtigt haben wir uns das nicht. So taten wir instinktiv oder aus Verzweiflung, der Not gehorchend, vielleicht ja dem Schicksal, das aus heutiger Sicht einzig Vernünftige: Wir machten uns zu Fuß auf den Weg in den Westen. In Erinnerung der Wegsperre vom Nachmittag und im Wissen, dass die SS an der Rostocker Chaussee auf dem Galgenberg in Grünhufe ihre Kaserne hatte (dort wo heute das Klinikum residiert), nahmen wir zunächst die Kedingshägerstraße auswärts – Richtung Nordwest (da standen damals noch keine Knieper-West-Klötze im Wege).

Der Entschluss, davonzulaufen, beruhte ganz sicher auch auf Angst. Gehört hatte man natürlich von den Gräueltaten der russischen Soldateska in Ostpreußen (Nemmersdorf): Menschen bestialisch geschlachtet wie Vieh … [22] Die Goebbelsche Propaganda hatte sich dieses abschreckende Beispiel nicht entgehen lassen, es sogar genüsslich ausgemalt.

Da es eine helle Nacht war, konnten wir bald unseren Bogen quer über die Felder abkürzen: Sie waren steif gefroren und mit Schnee gut markiert. Irgendwann erreichten wir eine Chaussee und wurden von einem Lastwagen voller fliehender Soldaten (wahrscheinlich kamen sie aus Parow, vom Flughafen) eine Wegstrecke mitgenommen. Spätestens als es graute und wir die Bahnlinie nach Rostock in den Blick bekamen, merkten wir, dass wir Teil eines unabsehbaren Stroms von Flüchtenden waren: Die Straße gen Westen war voller Fahrzeuge aller Art; und auf den parallel laufenden Eisenbahnschienen stand Zug hinter Zug; »Stop-and-go« würde man heute dazu sagen. Wir liefen erneut zu Fuß, fuhren immer wieder ein Stück weit per Zug oder Auto bis fast nach Rövershagen, von wo es noch etwa 10 Kilometer bis Rostock sind. Doch war hier unser Weg nach Westen definitiv zu Ende: Der Russe komme nun bereits von vorn, so hieß es, blockiere bereits den Übergang über die Warnow – was gestimmt haben könnte. Tatsächlich erreichten russische Panzerspitzen am 1. Mai auch schon Rostock – wie man heute nachlesen kann. Der schneidige Kommandant eines miteingeklemmten Flakzuges ließ daraufhin seine Geschütze sprengen und verabschiedete seine Mannschaft auf die individuelle Flucht, nicht ohne zuvor seine Lebensmittelvorräte großzügig an jedermann verteilt zu haben. Das war an diesem Tag unsere einzige Verpflegung. Die angstvoll diskutierte Frage war nun: südwärts, wieder querfeldein um Rostock herum oder nordwärts, vor an die Küste? Wir folgten einer Gruppe, die nordwärts strebte, und gelangten schließlich durch das große

Waldgebiet, das sich dort nördlich der Chaussee erstreckt, gegen Abend in das ehemalige Seebad Graal-Müritz. Wir waren ohne Schlaf seit 36 Stunden auf den Beinen gewesen! Alles Streben hieß nur: irgendwo hinlegen und schlafen. Wir fanden eine Strandhalle, bis zur Decke vollgestopft mit Abertausenden Rollen Klopapier – ein letztes Beispiel großdeutsch-militärischer Vorratshaltung. Wir gruben uns dort ein wie in eine warme Höhle und entschlummerten selig. Wenn es ein Ergebnis von »Wehrertüchtigung« gewesen sein sollte, dass wir die Strapazen dieses Tages dank Fitness, geübter Geländegängigkeit und eingeimpftem Orientierungsvermögen anhand von Sternen und Kompass überstanden, so will ich für diese Ertüchtigung ewig dankbar sein!

Am Morgen war plötzlich allgemeiner Aufbruch. Auch wir rafften eiligst unsere Siebensachen (es war wohl bloß ein Rucksack) und registrierten mit kurzem Erschrecken das Fehlen unseres Kompasses (möge er anderen die sichere Weiterflucht über den Landweg ermöglicht haben!). Nicht alle hatten offensichtlich geschlafen, sondern angeblich die ganze Nacht hindurch versucht, die draußen auf der Warnemünder Reede vor Anker liegenden Schiffe durch Blinkzeichen auf uns aufmerksam zu machen. Jetzt im Morgengrauen schoben sich deutsche Schnellboote wie graue Schatten vorsichtig an eine der zerstörten alten Seebäderbrücken: in langer Reihe, sodass nur das vorderste Schiff das Risiko einging, aufzulaufen oder durch eine plötzliche Attacke von Land her in Gefahr zu geraten. Auf den Resten der Brückenbalken balancierend, gelangten wir an Bord; etliche fielen ins Wasser, andere hatten gleich den nassen Weg durch die plätschernden kalten Ostseefluten gewählt. Ehrenvoll aufgebahrt lag auf einem der Schiffe ein deutscher Marinesoldat. Die schnittigen kleinen Boote der Kriegsmarine brachten uns gischtüberspritzt, aber sicher auf einen der draußen liegenden Dampfer der Handelsmarine.[23]

***

Festen deutschen Boden betrat ich erst wieder im April 1947;
ein Wiedersehen mit meinen Eltern gab es 1952 in Berlin, wo
Ost und West vor dem Mauerbau noch notdürftig zusammen-
kommen konnten. Stralsund sah ich erst 1973 wieder, als ich
auf einer Transitreise von Trelleborg her eine kurze Station
einlegte, die eigentlich nicht einmal erlaubt war, denn bis Mitternacht musste man das Staatsgebiet der DDR durchfahren
haben.

***

Teil B:

Aufwärts aus dem Nichts

»Wer schreibt für uns eine neue Harmonielehre?
Denn wir müssen in das Nichts hinein
wieder ein Ja bauen.«

(Wolfgang Borchert: Das ist unser Manifest)

Als wir am Morgen des 2. Mai 1945 die »Minden« des Norddeutschen Lloyd auf der Warnemünder Reede erklommen hatten, wähnten wir uns in Sicherheit. Tatsächlich waren wir es jedoch erst am 4. Mai, als uns der Dampfer – er war früher vermutlich ein braves Handelsschiff gewesen – in Nyborg auf Fünen in Dänemark anlandete: Es war der Tag, an dem in Lüneburg die deutsche Kapitulation an der »britischen Front«, also auch für Dänemark, unterzeichnet wurde. Gehört haben wir »Normaltouristen« auf dem Schiff von der Außenwelt davon nichts. Unterwegs hatte die Kriegsfurie mit uns noch ein paar feurige Akkorde gespielt! Denn die Ostsee war an diesen Tagen nicht nur schwarz von Schiffen aller Größen und Typen, die alle nur eine Richtung kannten: Go West! Darüber, genauer: im Tiefflug verlustierte sich nämlich die britische Royal Air Force (RAF): Etliche Schiffe brannten – sie hatten die Jagdbomber vermutlich beschossen.[24] Auf unserer »Minden« gab es angeblich eine kleine Revolte; jedenfalls flatterte irgendwann eine weiße Flagge im Wind.

Unser Schiff fuhr, lag dann wieder vor Anker, tastete sich offensichtlich vorsichtig voran. Endlich empfing uns ein freundlich-schützender Hafen – allerdings keine freundlich gesinnten Menschen! Was sich da bei den Dänen in fünfjähriger Besatzungszeit an blinder Wut und ohnmächtigem Zorn aufgestaut hatte, entlud sich am Tag der Befreiung in einer wilden, trunkenen Begeisterung, deren Opfer nun wir wurden: Frauen, Kinder, kriegsgezeichnete Soldaten. (Von den insgesamt angelandeten Kindern sind bis zum 30. Juni 6.540 infolge der Fluchtstrapazen gestorben.) Die Dänen packten alle damals herumliegenden Pferdeäpfel und pfefferten sie uns um die Ohren. Was aber war dies schon gegen die (für uns unsichtbaren, heute nachlesbaren) Exzesse, die sich an diesem 4. Mai in Dänemark aller Orten abgespielt haben: Der Selbst- und Lynchjustiz fielen zahlreiche Dänen zum Opfer; knapp vierzehntausend wurden dann als Landesverräter verurteilt, 46 tatsächlich hingerichtet. (Beim Einmarsch der deutschen Truppen 1940 waren 11 Dänen ums Leben gekommen.) Statt wie unsere Vorgänger vor dem 4. Mai in beschlagnahmte Hotels, Turnhallen, Schulen, Ferienhäuser u.a. eingewiesen zu werden, stopfte man uns am nächsten Tag in Güterwagen und verfrachtete uns wie Schlachtvieh quer durch Fünen nach Assens an der Südwestküste. Dort empfing uns das notdürftig aufgepäppelte Schlachthaus: Strohschütten auf dem nackten kalten Steinboden, gekachelte Wände, über uns die Aufhängevorrichtung samt Fleischerhaken für das geschlachtete Vieh und ganz oben die Lichtschächte – vor allem morgens beim Erwachen ein wahrlich tröstlicher, geradezu erhebender Anblick … Das große Bassin, in dem zuvor vermutlich das Viehzeugs abgebrüht worden war, diente nun als unsere Waschanlage: Öde, Leere, Tristesse, Gefängnis. Die Ernährung bestand über lange Wochen aus einer sehr dünnen Wassersuppe und einer Kaltverpflegung, die wir Jungen beim Empfang am Nachmittag vor Hunger auf einen Sitz verschlangen, um dann wieder bis zur nächsten mittäglichen Wassersuppe zu darben.

Dänemark, das Land, in dem sprichwörtlich Milch und Honig flossen, war auch im für uns siebten Kriegsjahr ein Land des Paradieses – verglichen mit der Situation, aus der wir kamen. Wir hatten uns davon sogar noch selber überzeugen können beim Zwischenstopp in Odense, den wir nutzten, um im Wartesaal tatsächlich mal wieder echte Schlagsahne zu kosten; der findige Ingberth hatte es verstanden, trotz aller Widrigkeiten einige Öre einzuwechseln.[25]

Für uns Flüchtlinge, die wir das Pech hatten, jetzt erst anzukommen, erwies sich das Land allerdings als ein Land der Widerborstigkeit, der Abwehr, der Reserviertheit gegenüber »Ungeladenen Gästen« (A. Gammelgaard; s.u.).

Bis heute ist das Schicksal der deutschen Flüchtlinge in Dänemark – es waren immerhin an die zweihundertvierzigtausend, und sie lebten dort bis 1949, zum Teil also vier oder fünf Jahre lang – in keiner umfassenden, sachlich befriedigenden Weise aufgearbeitet worden. Die beiden bei uns erschienenen Arbeiten von Arne Gammelgaard (1985) und Henrik Havrehed (1989) sind für Dänen bzw. für eine Dissertation geschriebene, nur mehr oder minder korrekte Materialsammlungen mit »Fallbeispielen«. Gammelgaard wunderte sich: »Gab es wirklich keine Deutschen, die ihre Erinnerungen niedergeschrieben hatten?« Wenn Havrehed resümiert: »In den chaotischen und fieberhaften Monaten nach dem 5. Mai 1945 ist viel passiert, was aus der heutigen Sicht besser nicht geschehen wäre«, so muss man dabei zweifelsfrei die innerdänischen Vorgänge mitbedenken; da war viel »Selbstbefreiung« und nationale Reinigung mit im Spiel: »In den 5 Besatzungsjahren wurden von dänischen Müttern rund 5.000 Kinder geboren, deren Väter Deutsche waren! ... In den ersten 4 Monaten des Jahres 1945 erreichte der Durchschnitt 110!«

Und nicht zuletzt wohl dies: Etwa 8.000 Dänen hatten sich freiwillig zum Dienst unter dem Hakenkreuz gemeldet – ungefähr die Hälfte kam nie zurück. Wir Flüchtlinge waren zweifelsfrei unwillkommen. Gammelgaard hat auch die kontrastreiche Meinungsbildung in der dänischen Öffentlichkeit des Jahres 1945 gegenüber den deutschen Flüchtlingen aufschlussreich dokumentiert: Die Diskussion kochte heiß. (»Das deutsche Gesindel wird bedeutend besser behandelt als unsere eigenen Arbeitslosen und Rentner«: Land og Folk, Nr. 61/1945.) Es war ja schlicht eine Art zweiter deutscher Besetzung, was da passierte: Die etwa 200.000 deutschen Soldaten hatten bis Ende Mai das Land verlassen; sie marschierten in britische Gefangenschaft. Dafür sah sich Dänemark jetzt mit etwa 240.000 deutschen Flüchtlingen »beglückt«, die eigentlich gerne nach Deutschland weiterwollten, die die Dänen auch liebend gern sofort losgeworden wären. Allein – die jetzt tonangebende britische »Besatzungsmacht« zwang die Dänen zur vorläufigen Notintegration; die britische Besatzungszone in Deutschland war zweifellos selber von Flüchtlingen überlaufen. So war Dänemark dann das einzige Land, das nach deutscher Besetzung weiterhin »besetzt« blieb.

Die Dänen haben sich später sehr betroffen gezeigt und sich teilweise sogar wegen ihres vielfach unzivilisiert-unmenschlichen Verhaltens geschämt. Sie hatten dazu eigentlich keinen Grund: Sie waren zunächst schlicht überfordert – nach Jahren, in denen die komplette Infrastruktur von einer Besatzungsmacht okkupiert war. Und die Flüchtlinge, die da Hilfe suchend, auf der Flucht, ohne Hab und Gut, anzusehen wie Landstreicher, Anfang 1945 in ihr Land strömten, waren eben doch Deutsche: Eine Differenzierung zwischen Tätern oder Aktivisten, Mitläufern und jetzt schlicht auch Opfern dürfte erst langsam gewachsen sein. Die über 200.000 Menschen entsprachen in etwa fünf Prozent der Bevölkerung; das wäre so, als hätte Deutschland im Jahr 1996 vier Millionen (und nicht nur Zehntausende) jugoslawische Bürgerkriegsflüchtlinge zu verkraften gehabt. Und dies außerdem nach mehrjähriger Besatzungswillkür, denn die deutschen Besatzer in Dänemark hatten sich zuvor fünf Jahre lang keinesfalls immer wie zivilisierte Gäste benommen! Ich erinnere mich auch keiner irgendwie gearteten Proteste vonseiten der frisch angelandeten Flüchtlinge.

Zu sehr steckten uns allen glücklich Geretteten wohl die Flucht und die Erlebnisse der Kriegsjahre in den Knochen. Die überwiegende Mehrzahl war zunächst eher wie betäubt, gerade auch vom Verlust der Heimat, aller Lebensresultate. Die Mehrzahl unserer Mitinternierten im Assener Schlachthaus (wir waren dort nach einer offiziellen Erhebung 368 Personen) waren Ostpreußen und Ostpommern. Selbst uns Jugendlichen aus Vorpommern, die wir irgendwie dazwischengeraten waren, erschien die plötzliche Stille oder besser: der plötzliche geräuschlose Frieden wie ein beruhigendes, schläfrig machendes Narkotikum; wir lebten ja auch ohne deutsche Zeitungen wie in einem luftleeren Raum.

Ärgerlich waren zunächst nur die Schlaumeier oder Raffges unter den eigenen Landsleuten: kahl geschorene »KZ-Entflohene« beispielsweise, die zielsicher die Lagerküche in ihre Regie gebracht hatten und offensichtlich besser speisten als wir anderen. Irgendwann stellte sich heraus: Es waren entflohene Kriminelle. Denn Razzien, zu denen wir jungen Männer mit bloßem Oberkörper anzutreten hatten, unterbrachen die taube Alltagsträgheit: Man suchte nach tätowierten SS-Schergen. (Im Lager Oksböl enttarnte man sogar einen KZ-Kommandanten!) Ungläubig und entsetzt betrachteten wir Fotos in Illustrierten, die uns unsere Bewacher durch den Drahtzaun unter die Nase hielten: ausgemergelte Gestalten, Gerippe von Toten aus Massengräbern – Bilder aus deutschen KZs, wie sie damals zum Entsetzen der Menschheit durch die Presse liefen. Unvorstellbar! Undenkbar! Unglaublich!

Unsere im Zivilleben wohl eigentlich braven Bewacher verstanden sich als Widerstandskämpfer; sie hantierten offensichtlich unerfahren mit Gewehren und Pistolen und hatten sich Seitengewehre und Patronentaschen mit Bindfäden um ihre bürgerlichen Anzüge gewunden. Sie behandelten uns so, wie sie wohl dachten, dass man Angehörige eines teuflischen Volkes bewachen müsse.

***

Als sich das Lagerleben allmählich zu normalisieren begann, die Küche nach massiven Protesten und Personalaustausch

Handfesteres zu kochen lernte, als wir unsere neue Lebenswelt ergründet und ausgeschritten hatten – als Auslauf eine asphaltierte Straße von etwa 100 Metern Länge und ein etwa 80 mal 30 Meter großer Rasenplatz mit ein paar Büschen am Rande –, da zeigte sich schnell, dass wir dort nicht etwa eine einheitliche Flüchtlingsgruppe waren, sondern eine unverändert existierende Mehrklassengesellschaft: Die einen (so wie wir) liefen in abgetakelten Uniformresten herum und besaßen gerade das an Utensilien, was der Rucksack hatte fassen können; da waren andererseits solche, die durchaus von edlem Porzellan auf feinen Tischtüchern speisten (über das Stroh gebreitet) und sich ausreichend aus dickbauchigen Bastkörben zu verpflegen vermochten, aus denen dann sogar Grammofone mit Schallplatten zutage traten. Am auffälligsten tafelte ein Stettiner Fleischermeister mit Familie und einem sich ankristallisierenden Anhang – als wäre er mit eigenem oder doch mit einem privat gecharterten Schiff nach Dänemark gelangt.

Über die diversen Radios konnten wir immerhin einiges vom Lauf der übrigen Welt mitbekommen, so etwa den uns völlig konsternierenden Rückzug der Briten und Amerikaner aus Mecklenburg und Thüringen.

Der Abwechslung und Geselligkeit dienten auf jeden Fall die mitgebrachten Musikinstrumente: Zur Akkordeonmusik tanzten wir abends heiße Tänze mit den offensichtlich ausgehungerten, vielleicht auch nur auf Vergessen und Entspannung bedachten jungen Frauen; wir tanzten ja noch Körper an Körper, eng aneinander, Foxtrott, Tango und Englishwaltz, nicht mit Körperverrenkungen zum Angucken, sondern mit Körperkontakt zum Beschnuppern, Befühlen, Bemerken. Aus den Zeiten der HJ- oder BDM-Züchtigkeit war da jedenfalls keine Scham mehr übrig.[26]

Als großer, wenngleich so sicher nicht gedachter Erfolg erwies sich eines Tages das Angebot, am Gottesdienst in der evangelischen Stadtkirche teilzunehmen: Fast das ganze Lager, sozusagen alles, was laufen konnte, marschierte mit – links wie rechts aufmerksam von den bewaffneten »Freiheitskämpfern« wie ein Gefangenentransport eskortiert. Die Kirche war gerammelt voll; nicht alle fanden einen Sitzplatz. Unvergesslich die souveräne Reaktion des damaligen dänischen Pastors! Nach sicherlich großer Verblüffung und irritierter interner Beratung trat er nicht als Prediger auf die Kanzel, sondern offen als Mensch und Partner vor dieses große, intensiv und aufmerksam lauschende Publikum, um in deutscher(!) Sprache zu beschwichtigen, zu raten, zu trösten, Mut zu vermitteln: eine zutiefst christliche Geste von großer Gewalt, die sicherlich nicht nur mir, der ich noch nicht einmal christlich erzogen worden bin, eine verpflichtende Erinnerung geblieben ist.[27]

Ähnlich eskortiert, ähnlich zahlreich genutzt – wenn natürlich auch aus besser durchschaubaren Gründen –, marschierten wir dann in den folgenden schönen Sommertagen zum Baden an den Strand des Kleinen Belt. Eine Gruppe von uns, der ich mich gemeinsam mit Ingberth angeschlossen hatte, nutzte die Gelegenheiten zum Schwimmtraining – argwöhnisch von unseren Bewachern beäugt. Wir hatten uns nämlich gemeinsam für eine Auswanderung nach Kanada registrieren lassen und unser »Häuptling« meinte wohl, dass man dort schwimmen können müsse. Gab es denn in Deutschland überhaupt noch eine Chance des Wiederaufbaus, der Wiedereingliederung, einer Zukunftsträchtigkeit? Tausende deutscher Flüchtlinge sind von Dänemark aus tatsächlich ausgewandert.

***

Dass Selbsthilfe angezeigt war, hatte uns die Flucht zur Genüge gelehrt. So entschlossen wir uns denn, der geistigen Leere und Tristesse um uns spottend, zunächst einmal, unsere mageren

Englischkenntnisse im gegenseitigen Austausch zu reaktivieren. Als wir schneidig mitgesungen hatten: »Denn wir fahren gegen Engeland …«, da hatten wir natürlich geglaubt, die dort sollten dann gefälligst Deutsch mit uns sprechen. Und siehe da, bald waren wir keineswegs mehr zu zweit; irgendwann sahen wir uns sogar in der Obhut eines richtigen Professors, der sich bescheiden und unaufdringlich angeboten hatte, uns zu helfen. Es war ein leibhaftiger Mathematik-Professor, der aber auch Russisch zu lehren imstande war (war er im Krieg vielleicht Dolmetscher gewesen?). Zu Hause war er, wie er uns dann zurückhaltend und vorsichtig erzählte, in Bialystok, jener heutigen Großstadt an der polnischen Ost(!)grenze, die um 1800 auch mal preußisch, danach russisch und davor litauisch gewesen war: ein vielsprachiger Völkerschmelztiegel offenbar, in dem einmal Polen, Deutsche, Litauer, Russen und Juden friedlich vereint gelebt hatten (1939 betrug der jüdische Bevölkerungsanteil dort 45 Prozent!). Es war sicher dieser vielsprachige Hintergrund, der den gebürtigen polnisch-jüdischen Bialystoker Augenarzt Ludwik Zamenhof 1867 bewog, als Dr. Esperanto (= »der Hoffende«) seinen Vorschlag zur Konzipierung einer »internationalen Sprache« zu unterbreiten.

Unser schließlich verehrter Assener Professor übersiedelte dann eines Tages in ein sicherlich angenehmeres »Ausländerlager«; er wechselte vermutlich nur einmal mehr die Sprachgrenze. Unser kleiner Studienkreis hatte sich aber auch schon zuvor etwas gelichtet: Am Rande des Rasenplatzes in den Büschen hatte eine moderne Circe ihr mitgebrachtes kleines Zelt aufgeschlagen. Der dort vermittelte Unterricht war sicherlich auch erheblich süßer! Ein Mitschüler wurde dann sogar Vater, mit 16 Jahren! (Insgesamt sind in den dänischen Flüchtlingslagern Tausende Kinder geboren worden; allein im Lager Oksböl waren es über 900 – davon 222 Kinder verheirateter Frauen, deren Ehepartner nicht im Lager waren.)

Als der Sommer sich neigte und die Nächte schärfer wurden, musste das unheizbare Schlachthaus geräumt werden. Wir wurden wie viele andere Kleinlager-Insassen umquartiert – nach Oksböl auf Jütland. Von den ursprünglich 1.100 Flüchtlingsunterkünften blieben in Dänemark Ende 1945 nur noch 465 übrig.

***

Das Internierungslager Oksböl auf Jütland, etwa 20 Kilometer nordwestlich von Esbjerg, am Rande des gleichnamigen Dorfes, war nun wirklich keine schnell arrangierte Notunterkunft mehr wie der Schlachthof in Assens, vielmehr eine kleine Stadt: mit ihren 36.000 Bewohnern damals die sechsgrößte Dänemarks; ein stattliches Rechteck in einer 1945/46 auch noch heimeligen Waldlandschaft von ca. vier Quadratkilometern Fläche mit einem Umfang von rund acht Kilometern Länge. Eine Siedlung mit Krankenhaus, Theater, Sportplatz und Badesee, mit Volkshochschule und regulärem Schulbetrieb: Rund 400 Lehrer kümmerten sich um über 9.000 Schüler. Es gab eine Feuerwache, ein eigenes Postamt, Polizei, Gefängnis und sogar einen gewählten deutschen Bürgermeister mit Gemeinderat. Nur eines gab es in dieser Kommune nicht: Geld – jedenfalls kein brauchbares. Alle Sach- und Dienstleistungen regierte ausschließlich das Zuteilungsprinzip. Die Flüchtlinge kampierten zumeist in den typischen 100-Mann-Militärbaracken, ursprünglich in Blöcken zu je zehn Baracken organisiert (pro Block mit Küche etc. in der jeweiligen größeren Kopf- oder Stabsbaracke) , denn dieses Lager war zuvor ein Truppenstandort gewesen. Insgesamt gab es über 150 Baracken, wenn man die einräumigen Pferdeställe mitzählt, in denen man sozusagen coram publico und ohne Fenster hauste. Hätte das Lager in friedlicheren Zeiten eine kleine Idylle sein

Karte des Flüchtlingslagers
Oksböl/Dänemark mit
Erläuterungen
K = eine schon nur
provisorisch aufgebaute
Barackenhäufung (mit ca. 20
Wohnhäusern)
M + D = Typische
Wohnblöcke links und
rechts der Hauptstraße mit
jeweils 9 Wohn- und einer
Kopfbaracke (mit Block-
Küche u.a.)
6 = Die Jugendherberge
diente als Lagerkrankenhaus
5 = Flüchtlingsfriedhof
14 = Theater und Kino
1 = Lagertor

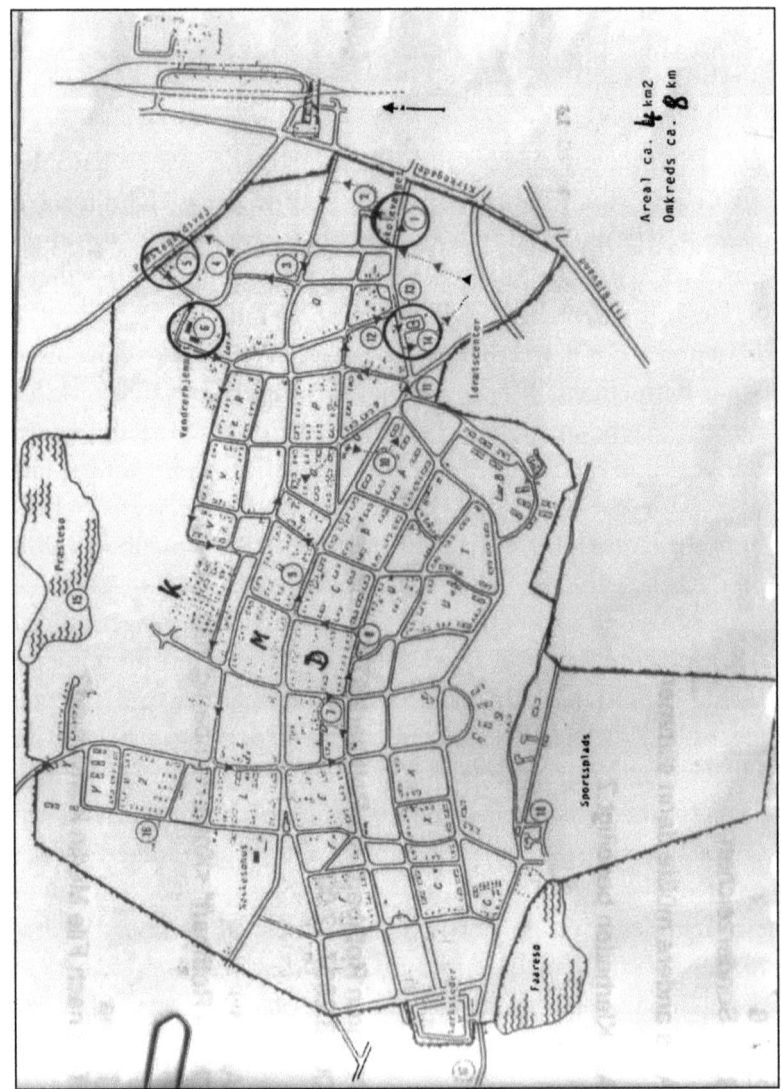

können, so war die Konzentration der Menschen dort in den Jahren 1945 bis 1949 eben doch ein stacheldrahtumwehrtes Gefangenenlager, drastisch formuliert: ein weitläufiges Wildgehege, über das doch wenigstens der allzeit frische Wind der nahen Nordsee strich.

Wir Assener hatten auch hier als Spätzugewiesene ein zunächst allesamt schlechtes Los gezogen oder eine miesere Unterkunft bezogen: Der sogenannte K-Block war erst 1945 hektisch hingeklotzt worden, auf einem Ascheuntergrund; vielleicht war dort zuvor der Exerzierplatz gewesen. Die Baracken standen nicht nur eng an eng auf einem baumlosen Areal – spöttisch sprachen wir deshalb vom Konzentrationslagerteil, ohne noch zu wissen, was die Nazi-KZs tatsächlich gewesen waren. Wir hausten in unserer K 9 mit schätzungsweise 300 Personen: zunächst wildfremde Menschen, Frauen, Männer, Kinder zufällig-bunt durcheinandergewürfelt. In unserem Zimmer, keine 40 Quadratmeter groß, waren vier dreistöckige Doppelbetten aufgestellt worden, von denen jeweils eine Etage als Ablage diente (eine andere gab es nicht). Es hausten dort also 16 Flüchtlinge auf engstem Raum, mit einem schmalen Tisch und dem im Winter unabdingbar nötigen, dann stets bullernden und glühenden Gussofen, dessen Rauchabzug einfach durchs Fenster geführt war. Ingberth und ich hatten als »Bettpartner« zwei ältere Landsleute, vermutlich ehemalige Mitglieder der »Organisation Todt«. Wir hatten ansonsten im Zimmer zum Glück zwei friedliche Familienclans und einen überaus tüchtigen »Heilpraktiker«, der gegen gute Butterrationen fleißig sein Pendel schwingen ließ, um gutgläubigen, verzweifelten Frauen wahrzusagen, ob ihre Angehörigen noch irgendwo lebten.

Immerhin gab es an den Kopfenden der Baracke fließendes Wasser, eine Toilette und auch eine Waschküche, wo man seine Wäsche sauber bekam, wenn man vorher im Wald tüchtig die dickfetten Tannennadeln zusammengeklaubt hatte. (In den letzten Jahren des Lagers haben die Bewohner wohl schließlich die Bäume gefällt und verheizt – spätere Fotos jedenfalls zeigen nur noch eine triste, öde Barackenlandschaft.)

Das Bettgeviert neben uns – besser wohl: die Bettstellage mit eigentlich sechs Betten –»bewohnte« buchstäblich ein Clan aus Warnemünde: Frau Alice mit minderjährigem Sohn, Mutter und Fluchtbegleiter (ein Konditormeister, der in vorherigen besseren Tagen auch schon Hausfreund gewesen war). Und das erwies sich als fatal! Denn so kam mir langsam mein Fluchtgefährte Ingberth abhanden. Der entbrannte nämlich in offensichtlich kaum stillbarer Sehnsucht, saß halbe Nächte lang auf der Bettkante der adretten Alice, ließ sich betütern und ergründete vermutlich mit den Händen ihr Wunderland – mehr war ob der Enge der Räumlichkeit nicht drin. Hatte ich neben mir doch wenigstens einen schmalen Gang (was ging's mich an?), so lag der eifersüchtig bebende Konditormeister direkt neben dem Ort des Geschehens. Geschlafen haben dürfte auch er nicht viel; und so kam es denn tagsüber zu ulkigen, zum Teil handgreiflichen Eifersüchteleien und Hahnenkämpfen.

***

Das Essen in Oksböl war erheblich genießbarer als zuvor und reichte auch besser aus; irgendwann hatten die Dänen die von den Briten vorgegebenen 1800 Kalorien auf 2270 erhöht. Völlig genügend war es für uns Jugendliche anfangs immer noch nicht. Also stellten wir uns möglichst Tag für Tag gleich um 12 Uhr als Erste an die Küchentheke – wir mussten dazu zur Kopfbaracke des Blockes M (M 1) –, um unsere Normalportion möglichst schnell zu verzehren, damit wir am Schluss der Essensausgabe eventuell doch noch einen

Rest, einen »doppelten Schlag«, für unser Wehrmacht-zwei-Liter-Kochgeschirr ergattern konnten.

Speisezettel der Woche[28]

Montag:	Kohlgericht
Dienstag:	Gerstengrütze
Mittwoch:	Erbsensuppe
Donnerstag:	Gemüsegulasch
Freitag:	Grünkohlsuppe
Samstag:	Buchweizengrütze
Sonntag:	Fleischsuppe, Gerstengrütze, Kohl und Kartoffeln

Ausreichend, um nicht zu sagen überreich war für uns dagegen das kulturelle Angebot! Da waren wir nicht verwöhnt, und unser Nachholbedarf an Informationen, Erkenntnissen, Wissen (nicht erst seit 1945) erwies sich bald als immens. Langeweile konnte in diesem Lager auf jeden Fall kaum aufkommen: Neben Theater, Kino, Volkshochschule und natürlich unserem Schulunterricht gab es Kleinkunstbühnen, Privatunterrichtsmöglichkeiten der verschiedensten Art und in den meisten Kopfbaracken Abend für Abend auch Tanzvergnügungen. Eine Statistik weist nach, dass 1946/47 in elf Monaten 1.170 Veranstaltungen, einschließlich Filmvorführungen und Vorträgen, stattgefunden haben, darunter 57 Theater- und 43 Variete-Aufführungen sowie 50 Konzerte.

Dieses Angebot stellte uns allerdings vor ein nur schwer zu bewältigendes Dilemma: Schulische Pflichterfüllung und kulturelle Weiterbildung in Ehren – der Bauch wurde davon nicht voller. Dafür musste man anders sorgen, etwas anderes tun; denn für manche Tätigkeiten gab es vielfältig abgestufte Zusatzrationen. Wo also, so stellte sich die Frage, gab es auch

Das Theater in Oksböl

für uns eine Zusatzbeschäftigung, die uns satter werden ließ? Ich verdingte mich zunächst als Aushilfssportlehrer – ein guter Sportler war ich ja gewesen; das brachte wenigstens schon mal eine Extra-Milchzuteilung.

Natürlich hatten wir die freundlichen Kontakte zu des Assener Fleischermeisters jungen Frauen nicht schleifen lassen. Ich fand sogar in der Schwiegertochter eine erfahrene, verständige, menschlich offene Gesprächspartnerin; meine kaum verschleierten Sympathiebekundungen wusste sie zu bändigen und nobel auf Distanz zu halten, um die ungetrübte Freundschaft zu erhalten. Und als der clevere Schwiegerpapa eines Tages plötzlich zu aller Erstaunen Chef aller Lagerküchen wurde, fiel auch für uns so mancher gute Brocken von des Herren Tisch.

Irgendwann gab es mal Fleischportionen in der Allgemeinverpflegung, von denen die Schwarzmacher behaupteten, das sei Rattenfleisch – igitt! Ich weiß nicht genau, was uns da an Fremdem serviert wurde: Wat der Buer nich kennt, dat frett he nich – dieses Sprichwort bestätigte sich aufs Trefflichste. Unvorstellbar jedenfalls, dass uns die Dänen Ungenießbares zumuteten; Porree hatten sie angeblich sogar (nach offensichtlichem Unbehagen) gegen bekanntere Gemüsesorten ausgetauscht. Richtig satt, dauerhaft und verlässlich, wurde ich erst, als ich Zugang oder Anschluss an länger schon in Oksböl internierte Großfamilien fand, die im Vergleich zu uns aus K erstaunlich großzügig und weiträumig in den ursprünglichen Baracken wohnten. Die konnten sich die Futterage offensichtlich besser einteilen und profitierten auch noch heimlich von ihrem schon vorher organisierten Tauschhandel mit den Dänen – auch durch den Stacheldrahtzaun hindurch: Da wechselten Uhren, Ringe, Schmuck u.a. tüchtig gegen Butter, Eier und allerlei Spezereien. Ja, Schwarzhandel auch im Internierungslager. Deshalb war der Besitz von dänischem Geld verboten. Deshalb wohl auch verbot man uns den erwünschten Unterricht in dänischer Sprache – eine auf Zukunft gesehen überaus törichte Entscheidung.

Im Mai 1946 endlich hatte ein postalisches Lebenszeichen meine Eltern in Stralsund erreicht. Alle vorherigen Versuche, eine Nachricht zu lancieren, waren vermutlich in den Turbulenzen der Nachkriegszeit irgendwo versandet. »Mein lieber Junge«, schrieb meine Mutter spürbar erleichtert und glücklich, »dass Du noch lebst! Gott war wohl gnädig.« Und schilderte dann all die unbegreiflichen Dinge, berichtete von all dem Elend und der Not in den rauchgeschwärzten Ruinenlandschaften der Städte, schilderte Überlieferungen, die unsere zeitgenössischen Dichter schon dabei waren, eindrucksvoll nervend zu dokumentieren. Man könnte die unmittelbare Nachkriegssituation, die Stimmungslage nach dem nationalen Desaster geradezu mit den schließlich aktuellen Buchtiteln abbilden: »Die Geschlagenen« (Soldatenschicksal: Hans Werner Richter), »Des Teufels General« (Opfer des Teufelsbundes mit der Diktatur: Carl Zuckmayer), »Draußen vor der Tür« (Heimkehrerschicksal: Wolfgang Borchert), »Interview mit dem Tode« (Bombardierung Hamburgs u.a.: Hans Erich Nossack), »Die Illegalen« (Widerstandskampf: Günther Weisenborn), »In den Wohnungen des Todes« (Requiem für die Opfer der Konzentrationslager: Nelly Sachs) u.a. – diese Titel erschienen alle zwischen 1946 und 1949. Mit Mutters Brief in der Hand (dem weitere folgten) wankte ich nur noch kleinlaut in mein Strohsackbettgehäuse, vergaß für eine Weile den Hunger und alle Sehnsucht und dankte froh, irgendwo und einigermaßen trocken untergekommen, behütet und menschlich versorgt zu sein.

***

Mit uns im Lager war die Dichterin Agnes Miegel, die »Mutter Ostpreußens«, wie ihre Landsleute sie voller Verehrung nannten; mir erschien sie eher wie eine spröde, tantenhafte Jungfer. Und die sollte das Instrument gewesen sein für so abgründiggrandiose Balladen wie »Die Mär von Ritter Manuel«, »Die Frauen von Nidden« oder gar der genialen Anverwandlung des Nibelungenliedes? War dieses Gedicht nicht geradezu eine gespenstische Hellseherei?

»Anhub die Fiedel zum drittenmal
Aufweinend in Gram und Leide,
Herrn Volkers Stimme sang im Saal,
Wie ein Vogel auf nächtiger Heide:
›Es glimmt empor aus ewiger Nacht
Heißer als alle Feuersglut,
Gelb wie das Aug der Zwergenbrut
…
Wie nach Lohe lechzt die Glut,
So treibt die Gier nach Menschenblut
Ans Licht den Hort der Dunkelheit, –
…
Weh über mich, weh über euch!‹«

An Miegel ließe sich eine weitere Spielart der Verquickung unserer Dichter mit der NS-Ideologie studieren. War Hans Baumann (siehe Teil A) 1933 ganze 19 Jahre jung gewesen und wohl einfach »vereinnahmt« worden, so war die Ostpreußin damals bereits eine geachtete und gerühmte Persönlichkeit und 54 Jahre alt: Kleist-Preis 1913, Ehrendoktorwürde 1924 u.a. Schrieb Baumann sein »Kampflied« von den zitternden morschen Knochen »der Welt vor dem roten Krieg« angeblich vor 1933 im Rahmen einer Exerzitienwoche des katholischen Schülerbundes, mit freundlicher Billigung des leitenden Jesuitenpaters, so wurde Miegel zweifelsfrei ihre aus der Grenzland-, ja Inselsituation der Heimat erwachsene völkisch nationale Übersteigerung zum Verhängnis. Als sie in ihrem schönen Mailied[29] (und anderswo) die Preußengötter beschwor, da konnte sie nicht ahnen, dass da eines Tages nationale Sozialisten kommen und sich erfolgreich als Preußen zurechtschminken würden; die »Hauptstadt dieser Bewegung« war bekanntlich München, nicht Berlin.

»Über Agnes Miegel«, so urteilte der Literaturhistoriker Fritz Martini 1955, »liegt eine Tragik der Täuschung, die viele Zeitgenossen traf« (natürlich auch Dichter, wie inzwischen sattsam bekannt).

Die Dichterin gehörte zu den Ersten, die Oksböl im Herbst 1946 in Richtung Deutschland verlassen konnten – »raus aus Dänemark, aber nicht nach Hause«. Zum Abschied las sie ihren Schicksalsgefährten auch ihr eigens gefertigtes Märchen vom »Oksböllerchen« vor, das in einer kleinen, geradezu bibliophil zu nennenden Auflage im Lager verbreitet wurde. Verewigt hat sie Oksböl, ja die Flüchtlingssituation in Dänemark generell, in ihrem mächtigen Requiem »0, Erde Dänemarks«:

»… die Zuflucht uns geboten.
Gib letzte Ruhstatt uns'ren müden Toten!

…

Sie hörten tröstlich noch auf ihrem Schragen
Der Kiefernwipfel Rauschen, wie am Strand
Daheim den Dünenwald. In ihre letzten Träume,
Ging Deiner Seeluft Atem …«

Gestorben sind im Lager Oksböl über 1.000 Flüchtlinge (in
allen Lagern zusammen über 17.000). Der später künstlerisch
eindrucksvoll gestaltete Friedhof ist heute dort die einzige Ge-
denkstätte, die außer der Museumsabteilung des Ortes daran
erinnert, dass hier einst Zehntausende Deutsche lebten und
litten und liebten: Gleich nach Auszug der letzten Internierten
Anfang 1949 hat die dänische Verwaltung alles eingeebnet, das
gesamte Terrain dem Erdboden gleichmachen lassen. Anfang
der Fünfzigerjahre stand man dort wie in einer Mondland-
schaft, eingerahmt von einer unbeeindruckten Waldkulisse.
Aus einer Sandwehe kam ein deutscher Stahlhelm mit ange-
schweißtem Griff zum Vorschein – vielleicht mal die Essens-
schüssel eines Flüchtlings?

***

Das Theater in Oksböl war eine Institution, mindestens ein
kleiner Staat im Staate. Entsprechend ist es gewürdigt worden:
schon in den »Deutschen Nachrichten. Zeitung für deutsche
Flüchtlinge in Dänemark«, die so häufig über diese Theorar-
beit berichteten, dass es anderen schon wieder zu viel wurde.
Für mich wurde es eine schicksalhafte Begegnung, eine ent-
scheidende Wege-Etappe. Trotz primitiver Voraussetzungen auf
die Beine gestellt, erst einmal Instrumente, Noten, Requisiten
u.a. organisiert und dann zu seiner großen Wertschätzung geführt, hatte es der letzte Oberspielleiter (oder gar Intendant) des
Staatstheaters in Danzig: Walter Warndorf, der zusammen mit

seiner Frau und Partnerin Eva Just im Februar 1945 nach Oksböl gekommen war. In seiner Blütezeit offerierte das Theater
sowohl Schauspiele, Konzert- und Leseabende als auch Ausstat-
tungsrevuen – wobei die traumhaft anzusehenden Kostüme
zum größten Teil nur aus Krepppapier gefertigt waren. An
den Nachmittagen zeigte man Kinofilme. Außer den Warn-
dorfs gab es im Ensemble kaum Profis; die weit überwiegende
Zahl der jeweils Mitwirkenden waren blutige Laien: Schüler
und Schülerinnen, kaufmännische Angestellte, Hausfrauen,
Kontoristinnen u.a., alle umso mehr voller Eifer und mit viel
Engagement bei der Sache. Was sie als Schauspieler, Sänger,
Tänzer, Artisten u.a. »auf die Bühne stellten«, war gewiss für
die Mehrzahl des Oksböler Publikums von großer Faszination
und es muss nach allen Urteilen auch von respektabler Qualität
gewesen sein.

Szenenbild einer Ausstattungsrevue des Theaters Oksböl 1946

Unvergessen bleibt mir die Premiere einer Varieté-Revue, weil sie schier zu einer politischen Demonstration entartete; es hat sich dabei vermutlich um die Szenenfolge »Reise um die Welt in 8 Tagen« gehandelt: Während die erste Hälfte des Abends verschiedenen Städten gewidmet war (New York, Paris u.a. und natürlich Kopenhagen als Reverenz an das Gastland), folgte nach der Pause im zweiten Teil der mit Spannung erwartete Block Berlin. Als sich der Vorhang hob, zeigte sich als Bühnenbild das Brandenburger Tor. Das Publikum sprang auf und war vor Begeisterung nicht mehr zu halten! Die auftretende Sängerin musste sich irritiert zurückziehen, denn man klatschte und klatschte und klatschte, wohl mehr als eine Viertelstunde lang. Leider konnte ich aus dem Zuschauerraum die sicherlich verdutzten Gesichter der dänischen Lagerhonoratioren nicht sehen, die sich die Ehre gaben, nachdem sie vom politisch und psychologisch geschickt operierenden Intendanten zweifelsfrei bewegt worden waren, der interessanten Aufführung beizuwohnen. Das Bühnenbild musste danach jedenfalls weg; es wurde durch ein unverfängliches, nichtssagendes ersetzt. Der kleine Skandal spiegelt ganz sicher die etwas verkrampfte, unverändert gebliebene Unsicherheit der Dänen im Umgang mit ihren »ungeliebten Gästen« wider (Fraternisierung!).

Mein Weg ins Ensemble – und damit notabene zu noch besseren Zusatzrationen – führte aparterweise über die verlockend attraktiven Balletteusen: Die erste, die ich bei einem abendlichen Tanzvergnügen kennen und lieben gelernt hatte, hieß Ilse. Ihr war ich aber offensichtlich nicht stürmisch oder erfahren genug, denn mein Nachfolger wurde bald jener ehemalige Assener Mitschüler, der dort eifrig im Zelt der Circe Lehrstunden genommen hatte. Eine wirklich warme, innige Beziehung war danach die Freundschaft mit der sensibleren Inge aus Arnswalde in Hinterpommern. Sie war nur ein Jahr älter als ich, zweifellos aber bereits eine erfahrene junge Frau;

die Jungfrau in unserer Partnerschaft war eindeutig ich. Das hätte sich sicher bald ausbalanciert, denn Inge war meine erste wirklich heiße Begegnung (bis hin zur gern akzeptierten körperlichen Erleichterung). Doch eines schönen Sommertages gingen wir baden – zu verliebt und zu erhitzt wahrscheinlich: Inge sackte plötzlich weg, ging einfach unter. Es konnte ihr keiner mehr helfen. Ist Herzschlag ein schöner Tod? Die stets fröhliche, lebensoptimistische Inge hätte sicher noch gerne viele schöne Tage erleben mögen – sie war blond und hatte schöne große blaue Augen. Da kein Vater mit im Lager war, nur die Mutter und eine jüngere Schwester, sah ich mich unversehens in der Rolle eines Leichenbestatters oder doch des Organisators einer ordnungsgemäßen Beerdigung. Der Theaterchor sang am offenen Grab herzerweichende Lieder; der Intendant und alle Theatergrößen kondolierten; die arme Mama wusste sich nicht zu fassen und verlor die Contenance; ich war nur noch ein Haufen Elend. Bis heute besitze ich die offizielle Sterbeurkunde – und weiß nicht, wohin damit.

Verständnis und Trost in meiner reichlich verzweifelten Lage fand ich schließlich bei einer dritten Balletteuse, die auch Mitglied des wirklich eindrucksvoll singenden Theaterchores war. Sie hieß Renate, war Kriegerwitwe und hatte auf der Flucht aus Braunsberg auch noch ihre zwei Kinder begraben müssen. Unser spontanes Verständnis beruhte nicht zuletzt auf einem ähnlichen Erlebnishintergrund: Ihr Vater beispielsweise hatte in seiner Region ein anscheinend vorzügliches Jugendherbergsensemble aufgebaut – da war ergo die Fahrt- und Lagerromantik sozusagen schon mit der Vatermilch eingesogen worden. In wahrhaft nähere Berührung war ich mit ihr schon beim gemeinsamen Sprech- und Schauspielunterricht gekommen: Wir übten dort am Beispiel klassischer Liebespaare und solcher Zungenbrecher oder Mundmodulatoren wie »Einmal wieder woohl pppfffeiffft der Goldpirool ...«. Als Erstes hatte ich auf diese Weise ihr lebhaft pulsierendes Zwerchfell registriert. Den Unterricht erteilte ein geniales, sphärenhaftes Wesen namens Ree van Dahlen. Sie lag mit dem herrischen Machertyp Warndorf, der den »schweren Helden« mimte und Rollen wie Schillers Wallenstein und später dem Teufelsgeneral von Zuckmayer seine Statur und Stimme lieh, im Dauerclinch; dafür wurde sie umschwärmt von Jüngerinnen ähnlicher Konstitution und Abgehobenheit.

Die begabte Renate war, quasi im »Hauptberuf«, Barackenälteste (von M 1), was ihr das Privileg eingebracht hatte, zusammen mit ihrer Familie – Vater, Mutter, Schwester und Nichte – in einem separaten Zimmer wohnen zu dürfen. Den Vater hatte ich schon als Dozent in der Volkshochschule und als Deutschlehrer schätzen gelernt. Gedanklich schwebte der alte Herr allerdings in ganz anderen Sphären, in einem anderen Jahrhundert: Unbeeindruckt von den miserablen Umweltbedingungen, unbeirrt scheinbar auch vom Verlust von Haus und Heimat, schrieb er an einem groß angelegten Kopernikus-Roman – auf den Spuren und im literarischen Gestus des »Paracelsus« von Kolbenheyer. Was soll ich noch sagen? Auch ich wurde auf diese Weise ein sicheres Opfer der dänischen »Frauenquote«, die Renate meine erste richtige Frau[26].

Als sie Oksböl zusammen mit ihrer Familie verließ – auch bereits im Herbst 1946 –, da hatte sie mir als Barackenälteste zuvor noch clever ein neues, besseres Quartier in ihrer Baracke organisiert: ein (nur noch) Sechs- bis Achtbettzimmer, in dem ich dann den Winter über tatsächlich auch mal zu Hause sein konnte, sprich: eine ruhige Arbeitsecke mein eigen nannte. Und auch das förderte meine erste wahre »Entdeckung« eines der großen deutschen, für mich maßstabsetzenden Dichter: Friedrich von Schiller. Ich hatte nämlich in der öffentlichen Bibliothek eine anscheinend völlig unbenutzte, umfangreiche Schiller-Biografie gefunden, eine gute zumal (wie ich später lernte), und zwar jene von Karl Berger[30]. Während des Winterhalbjahrs studierte ich also Schiller!

Wann Walter Warndorf mich entdeckt hat, wüsste ich nicht zu sagen. Ich verdiente mein Brot – sprich: die Zusatzrationen – zunächst bei der (anspruchsloseren) »E-Bühne«; wir spielten dort harmlos-lustige Unterhaltungsware: August Hinrichs' »Krach um Jolanthe« oder »Das Sommervögelchen« der Spielleiterin Ilse Berndt. Wenn der Intendant der großen »Konkurrenzbühne« zum Premierenbesuch kam, war dies ein aufregendes Ereignis, eine hohe Ehre. In sein Imperium eingeschlichen (besser wohl: seinen Balletteusen etwas angenähert) hatte ich mich zunächst als Tonregler bei den Kinofilmen. Da hatte man hinten im Saal eine kleine Kabine – und nichts weiter zu tun, als die Tonstärke manchmal etwas zu regulieren, je nach dem gestalterischen Ausbruch im Film. Auf diese Weise sah ich alle Filme an die zehn- bis zwanzigmal. So beispielsweise den »Gebieterischen Ruf« mit Rudolf Forster in der Hauptrolle – ich kenne ihn heute noch fast auswendig. Der schauspielerisch exzellent gestaltete Film bezog seine Wirkung nicht zuletzt von der unterlegten Musik: Schuberts »Unvollendete«, nach meiner Erinnerung in voller Länge. Ich habe mich später oft gefragt, warum man diesen deutschen Film von 1944 nach dem Jahr 1945 nicht mehr zu sehen bekam (im Unterschied etwa zu »Unter den Brücken«); als ich ihn dann im Nachtprogramm des Fernsehens wiedersah, wurde mir klar, warum. Der Film singt das hohe Lied der Pflichterfüllung: Forster als medizinische Kapazität muss den Liebhaber seiner Frau, den Ehebrecher (gespielt von Paul Hubschmid), operieren. In Zeiten der Menschenrechte, aber nicht so beliebten Menschenpflichten ist eine solche Geschichte wohl kaum mehr »verkaufbar«.

Dann aber engagierte mich Warndorf gleich für eine Doppelrolle im Weihnachtsmärchen »Peterchens Mondfahrt«: Ich übernahm sowohl den guten, braven, wenngleich polterigen

Donner- als auch den bösen, erschreckend schrecklichen Mondmann. Wir spielten das Stück mit großem Erfolg bis weit ins Jahr 1947 hinein, begannen aber gleich nach Neujahr mit den Proben für den »Weibsteufel« von Karl Schönherr. Wahrscheinlich wäre ich bei Warndorf für immer aufs Rollenfach des Bösewichts festgelegt geblieben: Wer mir in diesem Winter einen Streich spielen wollte, der entlarvte mich öffentlich und lauthals als Mondmann; dann stiebten alle Kinder im Umkreis in alle möglichen Ecken.

Zur Aufführung gelangte der »Weibsteufel« mit mir nicht mehr. Denn auch für mich schlug im März 1947 unerwartet die Stunde der Rückkehr nach Deutschland: Elternlose Kinder nahm die französische Besatzungszone als Flüchtlinge auf. Ich war bei der Registrierung gerade noch 18 und passte deshalb in diese Kategorie. (Die kleinste der damaligen Besatzungszonen in Deutschland nahm angeblich die größte Zahl der dänischen Flüchtlinge auf: 51.000.) Nichts wie »heim ins Reich«!, so spotteten wir mit dem berüchtigten Nazi-Werbespruch. Alle Zelte wurden schleunigst abgebrochen, eine Zahnbehandlung einfach unterbrochen, allerdings mit schlimmen Folgen. Die Reifeprüfung, die wir schnell noch ablegten, so wie es im Krieg üblich geworden war, mochte dann später niemand so recht anerkennen; das angeblich zuständige deutsche Kultusministerium wusste und wusste von nichts. Die bereits wiedererstarkende deutsche Bürokratie war vielleicht zur Meinung gelangt, dass mit dem Krieg auch ein »Kriegsabitur« erledigt sei; vielleicht auch nur die der französischen Zone. Schüler anderer Schulen in dänischen Lagern hatten offenbar mehr Glück; die über Binz/ Rügen nach Oksböl gelangte Berliner Humboldt-Schule nahm ebenso ein Abitur ab wie Schulen etwa in Aalborg, Grove-Gedhus und Klövermarken. Als Flüchtling aus ostdeutscher Fremde war man nach der »Heimkehr« ins südwestdeutsche Neuland ja auch schon froh, anerkannt zu bekommen, dass man tatsächlich der sei, für den man sich hielt und der zu sein man angab, ohne es mit Geburtsurkunde etc. belegen zu können.

So bin ich denn tatsächlich »ungedient« (wenn auch nicht ohne Kriegs-, ja Fronterfahrung), ohne feierliches Zeugnis einer »Reife« (wenn auch nicht ohne die Prüfungsängste) und in Folge davon ohne abgeschlossenes Universitätsstudium durchs Leben gekommen – zur Irritation vieler meiner späteren Kollegen, die meistens doch ihr anerkanntes Notabitur »gebaut« und danach oft noch promoviert hatten, wenngleich sie manchmal gar nicht so recht zu sagen wussten, worüber eigentlich; klar war nur immer, wozu: um im öffentlichen Dienst bessere Karrierechancen zu besitzen.

Im »Durchgangslager« Kolding stopfte man uns schließlich im April 1947 in die Züge, immerhin nicht mehr in Güter-, sondern wenigstens in normale Personenwagen. Zum Schlafen legten wir uns irgendwie in die Gänge. Als ich in der ersten Nacht durch ein schreckenerregendes Gepoltere wachgerüttelt wurde, blickte ich beim Nachsehen von einer schwindelerregend hohen Brücke. Es war der über den Krieg gekommene Eisenbahn-Viadukt über den Nord-Ostsee-Kanal bei Rendsburg. Da wusste ich: Deutschland, du hast uns wieder!

»Sie erstarben im Schnee, sie verglühten im Brand,
Sie verdarben elend in Feindesland,
Sie liegen tief auf der Ostsee Grund,
Flut wäscht ihr Gebein in Bucht und Sund,
Sie schlafen in Jütlands sandigem Schoß, –
Und wir Letzten treiben heimatlos,
Tang nach dem Sturm, Herbstlaub im Wind,
Vater, Du weißt, wie einsam wir sind!«
(A. Miegel: Es war ein Land)

***

75

Es verging nach Passieren des Rendsburg-Viadukts noch eine weitere Nacht, bis die Eisenbahn unseren Transporter quer durch Deutschland endlich an sein Ziel gedampft hatte: aus der Nähe der dänisch-deutschen bis an die deutsch-französische Grenze. Nach dem Auslieferungslager in Kolding war das Auffanglager im badischen Offenburg nicht nur auffällig adrett und proper – die Dänen hatten sich zum Abschied weiß Gott nicht mehr überanstrengt. Registrieren, desinfizieren, die Sachlage sondieren usw.: Neben den üblichen Formalien und dem Harren auf die Dinge, die nun kommen sollten, durften wir endlich auch mal ein Lager von außen bewundern, sprich: Keiner wollte uns mehr daran hindern, selbst der nahen Stadt einen Besuch abzustatten. Und das war nun also unsere neue Heimat? Oder sollte es doch werden?

Ich immerhin war ja noch jung und flexibel, hatte zwar zunächst Heimat und Elternhaus verloren, nicht aber doch gleich »Haus und Hof« und das Resultat eines vielleicht schon längeren erfüllten Lebens.

Die Landschaft in unmittelbarer Nähe war ja, wie daheim oder aus Dänemark gewohnt, nämlich flach; links und rechts jedoch türmten sich die Berge des Schwarzwaldes und der Vogesen. Und das Stadtbild war befremdlich anders: nicht mehr geprägt vom dunkelnden, warmen Backstein, sondern vom freundlich leuchtenden Buntsandstein. Am seltsamsten erschien uns die Sprache unserer neuen Landsleute! Die sagten nicht einfach »Guten Tag« oder »Tach«, sondern »Grüß Gott«. Und wie sie sonst sprachen – war das noch Deutsch? Es hat Jahre gedauert, bis ich begriff, dass das Befremden beidseitig gewesen sein dürfte, dass wir Zugereisten nicht nur das Alemannische oder Schwäbische der französischen Besatzungszone nicht anstandslos verstanden, sondern dass auch die Einheimischen Mühe hatten, unser vermeintlich strahlendes Hochdeutsch ohne Schwierigkeiten zu verstehen, denn sicherlich sprachen wir noch lange mit tief niederdeutsch gefärbten Eigenheiten. Dabei hatte doch der dort beheimatete Meister des »Kannitverstan«[31] ein solch exzellentes Schriftdeutsch gehandhabt, dass uns seine Geschichten auch im pommerschen Lesebuch größtes Vergnügen bereitet hatten.

Wer je einen solchen Sprachschock aufmerksam registriert hat, kann kein Anhänger einer noch so schönen Kunst- oder Ersatzsprache mehr sein, heiße sie nun Esperanto oder Amerikanisch. Heute spricht im deutschen Südwesten jeder so, wie ihm der Schnabel gewachsen ist: »Kommscht numm« oder »Goaoscht noa« macht auch »Reingeschmeckten« keine Schwierigkeiten mehr. Jeder hat gelernt, zwar nicht unbedingt die Sprache des jeweils anderen zu sprechen, aber sie doch anstandslos zu verstehen (man versteht in einer fremden Sprache ja immer mehr, als man selber in der Lage ist, zu formulieren). Das demnach wäre das Modell, die faszinierende Vision einer künftigen europäischen Verständigung – nicht mehr diese oder jene (englische, französische oder andere) Einzelsprache, sondern eine Sprachensymphonie aus allen gegebenen! Ein künftiger Johann Peter Hebel wird sicher auch einer solchen wünschenswerten Konstellation eine treffliche Pointe abgewinnen.

Der Weg vom pommersch-dänischen Norden ins südwestdeutsche Lebensklima, aus der rauen Salzluft der Ostsee in die würzig-milde des Schwarzwaldes und der Neckarauen war für mich nicht nur der äußerlich fassbare und definierbare vom Flach- in ein welliges Hügelland, von der Kartoffel- in die Spätzle- (und Nudel-) Region, vom Bier zum Wein, von der Butter zum Öl etc.; diese Übersiedlung war nicht nur der eigentliche Schnitt zwischen der Kriegs- und Nachkriegswelt und einer neu beginnenden Zeitepoche – es war auch der definitive Abschied von der Lager(romantik)jugend, es war eine kardinale Welten- und Lebenswende, die bedeutsamste in meinem Leben bis zum heutigen Tag.

***

Beim Individualgespräch über die Möglichkeiten einer sinn-
vollen Wiedereingliederung in den gesellschaftlichen Alltag
und Prozess, geriet ich an die Flüchtlingsbetreuerin des Kreises
Müllheim. Mein Beruf? Natürlich immer noch Schüler – ich
war inzwischen 19. Aber das war freilich kein Beruf; also: Be-
rufswunsch? Ja, vielleicht Schauspieler oder Dramaturg oder
doch etwas mit Sprache und Literatur. Doch wo und wie? Das
kommende Wintersemester war noch weit. Und würden meine
Eltern überhaupt in der Lage sein, die notwendigen Mittel aus
der SBZ (Sowjetische Besatzungszone) zu überweisen? Denn
man glaubt es kaum, aber Studium kostete damals Geld!

Die Beraterin meinte es sicher gut, und es war vernünftig,
wenn sie riet: erst mal irgendwo unterkommen, endlich raus
aus einem Lager! Denn allein für eine Aufenthaltsgenehmi-
gung benötigte man eine Arbeitsstelle. Ich hatte diese Schwierigkeiten alle schon durchgespielt beim vergeblichen Versuch,
aus dem dänischen Lager zu einem entfernten Onkel nach
Neumünster zu gelangen. Die Beraterin schilderte mir in
leuchtenden Farben einen Aufenthalt mit Beschäftigung in
einem Weingut. Ja, das klang gut und rief in meinem Geist
malerische Assoziationen hervor: Wein – romantisch, und
bei »Gut« dachte ich natürlich an geräumige und großzügige
pommersche Herrensitze; »Mitarbeit« ließ mich an interessante
Ernteeinsätze denken.

Und so landete ich dann in Hügelheim bei Müllheim im
Breisgau, südlich von Freiburg. Das Gut erwies sich allerdings schnell als kleiner Bauernhof – jedenfalls gemessen
an pommerschen Verhältnissen. Und die folgenden Arbeiten im Weinberg waren härteste Knochenarbeit: auf und ab
mit schweren Behältnissen auf dem Buckel, Kanister voller
chemischer, übel riechender Spritzmittel zum Bestäuben

der Triebe. Meine Knochen, die diese Arbeit nicht gewohnt und offensichtlich auch von jahrelanger Unterernährung geschwächt waren, zitterten nun wirklich am Abend, auch wenn sie noch keineswegs »morsch« waren. Positiv war die endlich eigene Schlafkammer. Und das Essen und Trinken: endlich zum Sattwerden »rundummig«! Schon zum Mittagsmahl stieg die Bäuerin in den Keller und brachte einen Krug voller ... – ja, war das denn saurer Apfelsaft? Es war natürlich Most, und auf dem Weingut sogar Most bester Qualität, nur für mich der erste meines Lebens. Als die Kirschenernte kam, konnte ich abends mit meinem Hut, gehäuft voller reifer Kirschen, durchs Dorf spazieren – ich durfte davon essen, sooft und so viel ich nur mochte.

Und an den Wochenenden durfte ich meine Betreuerin privat besuchen. Sie wohnte mit ihrer Mutter in Badenweiler, in einem ungetrübt überkommenen, sehr gepflegten großbürgerlichen Ambiente. Das war für mich seit Jahren die erste angenehme Hülle eines warmen Zuhauseseins! Dass es so etwas noch gab! Wenn ich von Müllheim mit der Straßenbahn dort an den Rand des Schwarzwaldes hinauffuhr, dann hatte ich als Weggenossen ein paar Altersgefährten, die mit sehr ernsthaften Büchern auf dem Weg in die warmen Bäder des Kurortes wollten: Studenten der Universität Freiburg. Dass es das schon wieder gab! Zwar lag Freiburg in Trümmern (beim Besuch des Münsters stiefelte man vom Bahnhof her über unebene, schmale Trümmerpfade durch eine verkohlte Ruinenlandschaft), und der bäuerliche Alltag war nicht unbedingt erfreulich; abends jedoch und oft bis in die Nacht hinein hinderte mich niemand, meinen Lesehunger zu befriedigen. Ich benötigte nicht einmal eine öffentliche Bücherei; ich hatte einen privaten Bücherschrank zur Verfügung – den meiner Betreuerin in Badenweiler. Er war exzellent assortiert. Eindringlich empfahl mir meine Gönnerin einen großen Roman eines der bedeutendsten deutschen Autoren, wie sie sagte. Ich hatte weder vom Autor noch von dem Titel zuvor gehört. Es handelte sich um die »Buddenbrooks« von Thomas Mann. Zu lernen hatte ich noch, dass Bücher dieses Autors in deutschen Büchereien auch gar nicht einfach zu bekommen gewesen wären: Es gab schlicht so schnell keine neuen Ausgaben. Gehört hatten wir als Schüler nicht einmal von jenen Aufregungen (»regelrechten Straßenunruhen«), die Manns offenbar engagierte Festrede zum »Verfassungstag« der Weimarer Republik 1924 im Stralsunder Stadttheater verursacht haben soll.

In Müllheim liefen natürlich auch die ersten viel bewunderten französischen Filme. Auf einem halbnächtlichen Heimweg, mal nicht durch die holperigen Weinberge, sondern über die glatte Chaussee, lernte ich meine ersten Franzosen höchstselbst kennen: Quietschend stoppte ein Auto neben mir, man kidnappte mich geradezu und schleppte mich zur Gendarmerie. Freundlich waren auch dort weder der Empfang noch der nächtliche Aufenthalt. Endlich fand man heraus, dass ich kein entflohener Kriegsgefangener war, sodass ich wieder gehen durfte. Waren die Dänen nur unbeherrscht und unsicher und deshalb oft bissig wie Hunde gewesen, so entpuppten sich die Franzosen bei dieser Affäre und noch jahrelang nicht nur als scharf und arrogant, sondern als beleidigte und bösartige Verlierer, die jetzt als Mitläufer die Siegerpose mimten.

Auslöser meiner Verhaftung war sicherlich mein noch immer getragener Uniformmantel aus Arnimswalde. Höchste Zeit also, mich endlich zivil einzukleiden. Doch leichter gedacht als getan. Woher sollten die neuen Klamotten kommen? Der Bauer hatte keine Not: Er hatte in seinem Schlafzimmer eigens eine Leine spannen müssen, um alle auf dem Schwarzmarkt eingehandelten Kleider überhaupt unterbringen zu können; vermutlich konnte er sie komplett dann gar nicht auftragen.

Als ich eines Tages Mist aufs Feld des Bauern weit draußen in den Rheinauen kutschierte, stoppte ebenfalls ein Auto: Junge Landsleute wollten mir am liebsten sofort mein Trikot ausziehen: jenes der Stralsunder Stadtmannschaft, in der ich 1944 schon manchmal gekickt hatte (so ausgedünnt war die Stralsunder Männerriege zu jener Zeit – Kriegseinsatz u.a. –, dass schon wir Sechzehnjährigen die Stadtmannschaft verstärken mussten). Ich besaß das Trikot noch immer. Und das erregte nun die Begierde eines neu installierten Fußballvereins, der genau in diesen Farben reüssieren wollte. Die Landsleute kamen dann tatsächlich an einem Wochenende gesittet und wohlerzogen mit einem ganzen Wäschekorb voller Tauschangebote; sie bekamen mein Trikot und ich ein paar vernünftige zivile Kleider.

Bei aller Freude aber über die gute Verpflegung und die herzliche Betreuung meiner Badenweilerin – Bauernarbeit war mir als Städter nicht auf den Leib geschrieben. Und während sich meine Mitverpflichtete, eine ostpreußische Bauerntochter, im dann anfallenden Heu geradezu suhlte (am liebsten mit mir gesuhlt hätte), suchte ich doch irgendwie eine andere Möglichkeit der Verwirklichung.

Eines Tages im Juni kam der Telegrammbote bis aufs Feld. Das verfehlte selbst bei meinem Bauern, einem ehrgeizigen Schaffertyp, seine Wirkung nicht. Ich solle dann und dann in Hornberg im Schwarzwald zur Vorstellung kommen, vielleicht könne man mich für eine Theatergruppe engagieren. Also fuhr ich eines Tages über Offenburg – die Höllentalstrecke von Freiburg bis Villingen war noch nicht wieder passierbar – zum »Vorsprechen«, wurde auch auf 1. Juli engagiert und übersiedelte dann zunächst für die anstehenden Proben nach Lenzkirch bei Neustadt im Schwarzwald. Dort waren wir eine bunte Gesellschaft aus verirrten Profis: altbewährte Mimen und grüne Anfänger wie ich. Mit dabei war nicht nur meine Oksböler Freundin Renate, sondern auch die katzenartig-faszinierende Gisela, ein Stern des Oksböler Theaters, mit der es für mich im letzten dänischen Winter bei unserem knisternden Katz-und-Hund-Spiel fast noch ernst geworden wäre. (Man munkelte, dass sie das Modell gewesen sei für all die schönen nackten Mädchenkörper, mit denen die Bühnenbildnerin den dortigen Ballettsaal so hinreißend erotisch ausgemalt hatte.) Unser Honorar war fürstlich; ich verdiente auf Anhieb doppelt so viel wie drei Jahre später als neugebackener Diplom-Bibliothekar. Und so tingelten wir denn nach der Premiere durch badische Kleinstädte wie Lahr, Kippenheim, Herbolsheim u.a. und spielten mit Erfolg nach-mittags für die Kinder irgendein Märchenstück und abends vor meist nur spärlich besetztem Saal ich-weiß-nicht-mehr-was.

»Ein Strahl der Dichtersonne fiel auf sie,
So reich, dass er Unsterblichkeit ihr lieh.«
(Inschrift auf dem Grabmahl der Friederike Brion in Meißenheim.)

Wie es weitergehen sollte, fragte keiner; wir genossen die Gunst der Stunde. Wir waren nämlich Krösusse, was das Geld be-traf, hingegen arme Bettler, wenn es ums Essen und Trinken ging. Die Verpflegung in den nur langsam wieder erwachenden Gaststätten war oftmals nicht einmal die schäbigen Fett- und Fleischmarken wert. Und gingen wir zu den Bauern, so schlugen sie uns das Tor vor der Nase zu: fahrendes Gesindel, »Zigeuner aus dem grünen Wagen«?

Wir wurden aller Fragen enthoben, als eines Tages im August die Polizei aufwartete: Keinesfalls für die SOS-Kinderdörfer hatten wir gespielt, erfuhren wir nun, sondern für einen skru-pellosen cleveren Absahner, der mit der Kasse flugs noch in die SBZ entwichen war; auch von West nach Ost konnte man demnach vor dem Bau der berühmten Mauer fliehen.

***

Was nun? Von den Honorar-Ersparnissen ließ sich wohl eine gute Weile leben; aber sonst? Etwa zurück in den bäuerlichen Weinberg? Ich kaufte mir erst mal einen Koffer; so was gab es plötzlich irgendwo. Einen Koffer aus Blech, der noch heute funktionsfähig wäre: Made in Germany war mal was! Dann fuhr ich mit Renate nach Tübingen, wo sie 1946 mit ihrer Familie angelandet war: Der Vater hatte dort studiert, die Mutter entstammte sogar einer verzweigten alten Tübinger Kaufmannsfamilie. Das waren doch scheinbar verheißungsvolle Voraussetzungen für einen Karriereschub. Es kam anders: Auch die Schwaben waren 1947 noch immer dabei, ihr Leben in normale Bahnen zu lenken, und hatten eigene Sorgen. Die Braunsberger Familie hatte allerdings ein erträgliches Domizil gefunden: eine villenartige ehemalige Oberförsterei auf der Schwäbischen Alb, die »Sommerresidenz« eines Tübinger Anverwandten. Mitbewohnerin war eine richtige Freifrau von – oder gar Gräfin – Maltzan, aber auch sie ein »richtiger« Flüchtling. Trotzdem mag es auch für den alten reaktivierten Studienrat nicht immer leicht gewesen sein, bis Reutlingen zu pendeln. Die Bahn musste damals die Honauer Steige unterhalb des Lichtenstein[32] erklimmen. Dazu schob sich von hinten eine Zahnradlok an den Zug und dampfte kräftig und vernehmlich – oft aber auch vergeblich. Dann rollte der Zug langsam wieder abwärts ins Tal; die Speziallok pustete sich erneut kräftig auf und startete einen weiteren Versuch. Das konnte sich mehrmals wiederholen – ich konnte mich davon bei Wochenendbesuchen selbst überzeugen. Einmal kam ich so wahrhaft gerädert oben an, dass ich das Aussteigen verschlief und von der nächsten Haltestelle her auf den Schienen zurücklaufen musste (gefährlich war das nicht, denn ein Intercity brauste dort auch später nicht). Heute verbrennesselt die gesamte schöne Nebenstrecke – vorbei an Hauffs Lichtenstein und Bertolt Brechts Entstehungsstätte[33].

Selbst für Renate war da oben keine Zukunft. Sie schlug sich recht und schlecht als Sekretärin in einem Tübinger Institut durchs Leben, zur Untermiete immerhin in einer annehmbaren Dachstube an der Steinlach wohnend. Selbst dabei war sie schon protegiert: Chef des Instituts war ein leibhaftiger deutscher Nobelpreisträger der Chemie, Professor Butenandt, ein Siegfried der Akademikerszene, der mit einer Tochter des Tübinger Anverwandten der Renate außerehelich liiert war – für die enge schwäbische Provinz- und Universitätsstadt (unzerstört, idyllisch, akademisch angestaubt) ein Skandalon, nur entre nous getuschelt. Ohne derartige Tübinger Sitten- und schwäbische Einstandsgeschichten hätte ich meine neue Heimat vielleicht nie richtig »kennen lernen«, um Goethe zu zitieren, dem ich damals voll hätte zustimmen mögen.[34]

Renates Untermieterei sollte nun auch mir den erschreckenden Besuch der Polizei bescheren. Normalerweise nächtigte ich im etwas dubiosen Schlafsaal einer Übernachtungsstätte im Pfleghof. Oder auch schon mal im Wartesaal oder besser in abgestellten Personenwaggons auf dem Bahnhof. So etwas war für unsereins ganz normal! Auch auf den Reisen von und nach Hügelheim (zur Abwicklung meines Umzugs) nächtigte ich nolens volens in solchen mehr oder minder koscheren »Herbergen«. Ein Glücksfall schon, wenn es, wie etwa in Villingen, ein korrekt geführtes Rot-Kreuz-Heim war – Villingen oder Rottweil waren seinerzeit unumgängliche Umsteigestationen, an einem Tag war die Strecke nicht zu bewältigen. Und man atmete sogar kräftig durch, denn auf der Schwarzwaldstrecke zwischen Offenburg und Villingen war man oft dem Ersticken nah: An heißen Sommertagen in den grundsätzlich knallvollen Zügen – ein Stehplatz war schon ein Glück! – fuhr man mit weit geöffneten Fenstern. Wehe jedoch, man kannte die Strecke nicht genau und geriet mit offenen Fenstern in die abenteuerliche Tunnelei bei Triberg: Welches Volumen an Dampf und Rauch die normalerweise zwei Lokomotiven auch immer angestrengt auspufften – man hatte dann scheinbar die komplette Menge im Abteil und wusste kurzfristig nicht, woher den Sauerstoff holen. Wer damals reisen musste, glich schnell einem Land- oder Stadtstreicher, da mochte man auf sich halten, wie immer man wollte. (Viele sind dieser Szene nicht mehr entkommen.) Und so war ich als heimat- und wohnsitzloser Flüchtling, als obdachloser »Wanderschauspieler« dem Tübinger Kriminalinspektor sicher schon verdächtig, bevor er mich überhaupt nur angehört hatte: Eine Schreibmaschine war verschwunden (war sie gestohlen worden?), und zwar aus der Praxis des ehrenwerten »niedergelassenen« Arztes, in dessen Haus meine Freundin zur Untermiete wohnte. Ich hatte die Nacht davor großzügigerweise auf der Behandlungsliege verbringen dürfen – streng bewacht von einem etwas unheimlichen Gerippe in voller Lebens- vielmehr Todesgröße. Mein Pech begann wohl damit, dass ich mir am Vortag in der Universitätszahnklinik von einem studentischen Lehrling einen meiner seit Oksböl noch immer auf Fertigbehandlung wartenden Zähne hatte ziehen lassen müssen: Es durften gleich mehrere Studenten mal ziehen; deshalb war die Prozedur für so ein Versuchskaninchen auch kostenfrei. Dass dann in der folgenden Nacht mein Mund plötzlich voller geronnenem Blut und ich dem Ersticken nahe war, hielt die Klinik angeblich für unmöglich. Um ja niemanden zu stören, war ich übers dunkle Treppenhaus bis unters Dach geschlichen, auf Hilfe hoffend; und dabei soll mich ausgerechnet jemand beobachtet und fix auch noch die Maschine entwendet haben? Das klang wirklich unwahrscheinlich; und der Kriminaler glaubte es natürlich auch nicht, zumal er mich hergelaufenes Subjekt ja hatte. Man könnte nach dem Stoff eine Burleske formen, denn der Untersuchungsbeamte kam zum Verhör ausgerechnet in jener halben Stunde, in der Renate und ich versuchten, einem Theateragenten unser Talent im engen möblierten Zimmerchen für ein erneutes Engagement zu beweisen. Aus dem wurde natürlich nichts. Ob die Schreibmaschine je wieder aufgetaucht ist, weiß ich nicht. Meine umhegte und klinisch saubere Übernachtungsstätte war ich auf jeden Fall los.

Irgendwas Entscheidendes musste geschehen! Irgendwie musste sich doch ein vernünftiger Weg finden lassen. Ich ging einfach mal aufs akademische Berufsamt, um Studienmöglichkeiten erneut zu eruieren. Aber natürlich: ohne nachweisbares Abitur keinerlei Chance. Noch immer hatte sich vom angeblich zuständigen Kultusministerium niemand gemeldet. Aber im »amerikanischen« Stuttgart, so hieß es, gebe es eine Büchereischule, wo man angeblich Ausnahmeregelungen kenne. Ob denn das für mich nicht wenigstens eine gescheite Übergangslösung wäre, da ich doch Germanistik studieren wolle. Büchereischule? Ausbildung zum Bibliothekar? Aber ja doch – wie aus dem Traum kamen die Bilder meiner lesekundlichen Anfänge als Bücherjunge in der Stralsunder Stadtbücherei: nette Leute, anregende Atmosphäre, eine strahlende junge Bibliothekarin.

Also auf nach Stuttgart; fragen kostet ja nichts. Das war jedoch leichter gewollt als zu verwirklichen, denn Tübingen und Stuttgart trennte damals eine bewachte Grenze – jene zwischen der französischen und amerikanischen Besatzungszone; für Eisenbahnreisende lag sie zwischen den Stationen Metzingen und Bempflingen. Die Amis, so war zu hören, handhaben die Kontrollen leger, die Franzosen indes … Und es war auch keinesfalls einfach, zu einem Passagierschein zu kommen; der musste beantragt werden, und das konnte Wochen dauern. Es gab jedoch einen raffinierten Trick: Man musste sich zunächst am Tübinger Bahnhof einen ankommenden Pendler aus Stuttgart ausgucken, der in etwa so aussah wie man selber. Hatte man Glück, so lieh er einem seinen Pass und man konnte eiligst nach Stuttgart starten, weil man hoch und heilig versprechen musste, bis zum Ende des Tages oder der jeweiligen Vorlesung wieder zurück zu sein. Und das klappte tatsächlich: Eines Tages stand ich auf dem Stuttgarter Hauptbahnhof, vor dem stattlichen, unbeschädigt gebliebenen Bonatz-Bau, den ich als Eisenbahnersohn schon aus Stralsund kannte. Von dort zur Feuerbacher Heide kroch damals letztlich die brave alte Linie 7 die Serpentinen der Lenzhalde hoch, bis fast vor die Haustüre des Instituts, das in der etwas vergammelten hochherrschaftlichen Villa des früheren Salamander-Schuh-Fabrikanten sein Domizil hatte. Aber nein, hieß es im Sekretariat, das Semester 1947/48 sei schon komplett; ich solle doch im nächsten Jahr wieder nachfragen. Die Tür zum Direktionszimmer war glücklicherweise nur angelehnt. Und so erschien eine aufmerksame neugierige Dame mit brennenden braunen Augen, legte den Kopf etwas schief und sagte: »Ja, niiicht, das ist nun leider so. Doch wie kommen Sie denn eigentlich hierher?« So ergab ein Wort das andere. Es machte wohl Eindruck, dass da einer selbst aus Tübingen, aus der französischen Zone, ja eigentlich sogar aus Stralsund, extra angereist kam. Und ohne Reifezeugnis infolge der kuriosen dänischen Verhältnisse, na ja … etc. pp. Ich ahnte noch nicht, welch ein Prä für mich das Faktum bedeutete, die arg winzige Männerquote unter den Studierenden etwas aufbessern zu helfen. Ich hatte schnell noch eine Aufnahmeprüfung zu absolvieren (oder war es eine heimliche Überprüfung meiner »Reife«?) und eine Buchbesprechung abzuliefern, für die ich den in Stralsunder Zeiten begeistert gelesenen »Kampf um Rom« von Felix Dahn wählte.

Der Autor 1948 beim Suchen nach dem richtigen Weg

Bereits zwei Wochen später begann ich mit dem Wintersemester 1947/48 auf einem literarisch-bibliothekarischen Gleiskörper zu rollen, den ich im Prinzip glücklicherweise nie mehr zu wechseln brauchte. Was aber keinesfalls heißt, dass alle Signale schon wieder auf »Freie Fahrt« standen! »In das Nichts hinein wieder ein Ja bauen«, um mit Wolfgang Borchert zu sprechen – diese Aufgabe blieb für uns Davongekommene der 45er-Generation sowieso noch eine Herausforderung für viele Jahre.

**

Literatur zum Dänemark-Teil

Soweit nicht anders vermerkt, sind die genannten statistischen Daten und Fakten den auch auf Deutsch erschienenen Büchern von A. Gammelgaard und H. Havrehed entnommen:

Arne Gammelgaard: Ungeladene Gäste. Ostdeutsche Flüchtlinge in Dänemark 1945–1949. Leer 1985. 208 S.

Henrik Havrehed: Die deutschen Flüchtlinge in Dänemark 1945–1949. Heide 1989. 379 S.

Unveröffentlicht, jedoch im Archiv Oksböl und anderswo vorhanden, ist eine »Geschichte des Flüchtlingslagers Oksböl 1945–1948«, die der damalige Leiter der Kultur- und Auskunftsstelle W. Riepekohl (in deutscher Sprache) für die dänische Flygtningeadministration 1949 geschrieben hat.

Einige neuere Fakten und zitierenswerte Anmerkungen finden sich – vor allem im Beitrag von Aage Trömmer – in der Broschüre »Deutsche danken Dänemark«. Albatros-Kuratorium 1997.

Aus deutscher Sicht liegen meines Wissens nur einzelnen Aspekten gewidmete Darstellungen vor; verwiesen sei auf die Folgenden: Knud Langberg: Flüchtlingsleben in Dänemark. Stuttgart 1951. 134 S. (aus christlich-kirchlicher Sicht; der Autor war Leiter des Kirchendienstes für Flüchtlinge). Helmut Wagner: Erlebt und überlebt. Dornstetten 1982. ca. 120 S. (aus ärztlicher Sicht; den Erlebnissen in Flüchtlingslagern gelten rund 40 Seiten). Harry Hempel: Oksböler Tagebuch, in: Festschrift zum 75jährigen Jubiläum 1978 der Humboldt-Oberschule, Berlin-Tegel. S. 57–60 (aus der Sicht eines Schülers der komplett in Oksböl evakuierten Schule). Der Dramaturg des Theaters, Wilhelm Selke, veröffentlichte eine kleine Darstellung unter dem Titel »Die Geschichte eines Flüchtlingstheaters«, in: »Deutsche Nachrichten« (DN), Nr. 2/1948, einer Wochenzeitung für deutsche Flüchtlinge in Dänemark. Vermutlich nach dieser Vorlage oder einer ausgearbeiteten Version verfasste Lothar Selke einen Artikel »Das Theater im Flüchtlingslager Oksböl/Dänemark 1945–1949«, in: A.W.R.-Bulletin (Wien) 10/1972,3. S. 124–126.

Endnoten

1   »Glaube und Schönheit« war eine Art Aufbaustufe des BDM für junge Frauen bis 21 Jahre.

2   »Hitlerjugend, Abk. HJ, die Jugendorganisation der NSDAP: ... bis 1933 Jugendabteilung der nat.-soz. Kampfverbände; wurde durch Gesetz 1936 zur zentralen, dem Elternhaus und der Schule gegenüber bevorzugten Organisation zur ›körperl.-geistigen und sittl. Erziehung der Jugend‹ sowie seit 1939 zur ›vormilitär. Ertüchtigung‹.« (Meyers Großes Taschenlexikon 1983)

3   Heute ist das die Gerhart-Hauptmann-Straße.

4   »... bleibt immerhin die Frage offen, inwieweit es dieser ›Ideologie‹ überhaupt möglich war, sich im Laufe von zwölf Jahren ... bei allen durchzusetzen. Ideologisch war der Nationalsozialismus ... ein wirres Konglomerat ...« (H. W. Koch: Geschichte der Hitlerjugend. Percha 1975. S. 176)

5   »Henrik gab es einen Ruck. Er ließ den Blick blitzschnell von den gelblich feuchten Händen des Moppel (mit dem Spitznamen ›der feuchte Händedruck‹) zu seinem Ohr hinaufgehen. Ja, wahrhaftig, der saß da und bewegte das Ohr wie ein Kaninchen! ... Und er begann mit zitternder Hand zu notieren: Strich, Punkt, Strich- Strich -Punkt -Punkt, Strich -. Hurra, da hatte man es!«

6   »Jede Stadt hat die Bibliothek, die sie verdient. Und die Stralsunder Bürgerschaft wäre auch heute in der Lage, ihre Stadtbibliothek auszubauen zu einer allgemeinen Volks- und Hochschule im wahrsten Sinne des Wortes.«

7   »Wie in anderen Orten ... spontane Kundgebungen. Gegen 5 Uhr morgens brach in der Synagoge Feuer aus ... Bei verschiedenen jüdischen Geschäften wurden die Fensterscheiben zertrümmert ... Im Laufe des Tages wurden etwa 30 Juden zu ihrer Sicherheit in Schutzhaft genommen.« (Stralsunder Zeitung vom 11. November)

8   Und wer weiß schon, dass beide Warenhauskonzerne in Stralsund ihren Ursprung hatten: Leonhard Tietz hatte dort 1879 mit einem kleinen Kurzwarenladen begonnen; die Wertheims handelten anfangs mit Kramwaren von ihrer Wohnung in der Frankenstraße aus.

9   »Fast lautlos, da der Schall des Triebwerks die Wartenden noch nicht erreicht hatte, tauchte das A 4 aus dem Walde auf, ein vierzehn Meter hohes metallenes Ungeheuer, dem ein fast gleichlanger Feuerschweif aus dem Heck schoss ... Ein Komet, von Menschen-

hand in die Atmosphäre geschleudert« (aus Ruth Kraft: Insel ohne Leuchtfeuer. Berlin 1991). – Die A 4 genannte Rakete startete erstmals erfolgreich am 3. Oktober 1942; erste Versuchsmuster einer A 3 starteten von der Oie bereits am 4. Dezember 1937.

10 »… sammelte Geld, Lebensmittel, Brennstoffe, Kleider zur Verteilung an Arbeitslose und Hilfsbedürftige …« (Meyers Großes Taschenlexikon 1983)

11 Zur genauen Situation siehe etwa die Darstellung mit Übersichtskarte bei H. Lindenblatt: Pommern 1945. Leer 1984.

12 Siehe etwa Ch. Focken: Ostwall. Aachen 2006.

13 »Wir stehen hier im Osten im harten Kriegseinsatz.
Ein Heer der deutschen Jugend steht treu an seinem Platz.
Mit Schippe und mit Spaten steht jeder seinen Mann
und schippt ganz kräftig, was er nur schippen kann.
Mag denn der Feind auch kommen, er wird zerschellen an unserem Wall.
Wir schützen die teure Heimat und schönen Gaue all …«
(Textteile aus unserem »Schipp-Lied«)

14 Erschienen: Hamburg 1980.

15 »Stargard, auf dem 15. Grad östlicher Länge gelegen, maßgeblich für die Bestimmung der Mitteleuropäischen Zeit (MEZ), auch ›Stargarder Zeit‹ genannt. Deshalb behauptete ein pommersches Spaßwort: Alle Uhren in Mitteleuropa richten sich nach Stargard.« (W. Diedrich: Frag mich nach Pommern. Leer 1987)

16 »Polnische Arbeiter bargen in diesen Tagen … 2 Männer … Sie waren die letzten von 6 deutschen Soldaten, die Anfang 1945 in einem riesigen Vorratsbunker … durch eine Sprengung von der Außenwelt abgeschnitten worden waren. Der unzerstörte Luftschacht … und die großen Lebensmittelvorräte hielten die Eingeschlossenen am Leben …« AP-Meldung aus Warschau vom 17.6.1951. – Den Dichter und Kriegsteilnehmer Rudolf Hagelstange inspirierte diese Meldung zu seiner »Ballade vom verschütteten Leben«: »Alles ist Staub. Da sind nur Stufen …«(Insel-Verlag 1953).

17 Ein Jungstamm hatte als organisatorische Idealstärke über 600 Mitglieder, umfasste mehrere Fähnlein.

18 Der Alte Markt ist natürlich mit Rathausfassade, Wulflam-Haus und Steinwich-Denkmal, das bis 1937 hier stand und eigentlich hierher gehört, der geschichtsträchtigere; der Neue Markt hingegen präsentiert sich nur als ein weiter, leerer, eben neuer Marktplatz.

19 Heute: Carl-Heydemann-Ring.

20 Siehe die Dokumentation des Literaturzentrums Neubrandenburg von 1990.

21 Handbuch der Historischen Stätten, Bd. XII. Stuttgart 1996.

22 »Die Deutschen sind keine Menschen ... für uns gibt es nichts lustigeres als deutsche Leichen ... Es gibt nichts, was an den Deutschen unschuldig ist. Die Lebenden nicht und die Ungeborenen nicht. Folgt der Anweisung des Genossen Stalin und zerstampft das faschistische Tier ... Brecht mit Gewalt den Rassenhochmut der germanischen Frauen. Nehmt sie als rechtmäßige Beute. Tötet, ihr tapferen Rotarmisten. Tötet!« (Der russische Dichter Ilja Ehrenburg in Flugblättern für russische Soldaten.) Zitiert nach H. Schön: Ostsee '45. Stuttgart 1983.

23 »Rund 2,5 Millionen Menschen wurden 1944/45 über die Ostsee ... gerettet. 1081 Schiffe – 672 Handelsschiffe und 409 Kriegsschiffe – waren hieran beteiligt. Dieser Einsatz deutscher Kriegs- und Handelsschiffe in den letzten 10 Monaten des Zweiten Weltkrieges bei der Rettung von Flüchtlingen, Verwundeten und Soldaten über die Ostsee findet in der Geschichte der Seefahrt kein vergleichbares Beispiel. 245 Handelsschiffe ... gingen verloren, sanken durch Torpedotreffer, Minen oder Bomben. 33.083 Menschen fanden dabei den Tod in den Fluten.« (Zitiert nach H. Schön: Ostsee ›45. Stuttgart 1983.)

24 »Am 3. Mai 1945 setzte die RAF alle Piloten in einem Angriff gegen Schiffe in norddeutschen und dänischen Gewässern ein und versenkte an diesem Tag und am nächsten Dutzende von Schiffen, darunter auch den Riesendampfer ›Cap Arkona‹ ... Auch andere Schiffe wurden ... mit KZ-Häftlingen an Bord versenkt. Durch diesen tragischen und entsetzlichen Irrtum der RAF kamen etwa 7000 KZ-Häftlinge ums Leben ... Drei dänische Schiffe entgingen gerade noch der Versenkung durch britische Piloten ...« (Henrik Havrehed: Die deutschen Flüchtlinge in Dänemark 1945–1949. Heide 1987. S. 46)

25 »Bis zum 5. Mai 1945 konnte ein deutscher Soldat drei geräucherte Aale für eine Krone und ein Stück Sahnekuchen für 30 Öre kaufen.« (H. Havrehed a.a.O. S. 19)

26 Den etwa 2.000 jugendlichen Männern zwischen 20 und 35 Jahren standen in den dänischen Flüchtlingslagern rund 30.000 Frauen gleichen Alters gegenüber; das war demnach ein Verhältnis von 1:15. Fast 80.000 Menschen waren 1946 jünger als 19; über 30.000 waren älter als 50 Jahre.

27 Chr. Ulrik Hansen, einer der Initiatoren der dänischen Widerstands-
    bewegung, schrieb in seinem letzten Brief, drei Stunden vor der Hin-
    richtung: »Und dies sei mein letzter Wunsch: Wenn der Frieden ge-
    schlossen ist, nehmt ein elternloses deutsches Kind anstatt meiner!
    Denn so verlangt Gott es von uns, dass wir Werkzeuge sein sollen,
    zuerst für seine Strenge, dann für seine Güte.«
28 Wiedergegeben nach einem Ausstellungsobjekt im Oksböler Muse-
    um.
29 »Und über den Lindenwipfeln
    Führten im Blitzesschein
    Die alten Preußengötter
    Ihren ersten Frühlingsreihn.
    Herden und Saaten segnend,
    Schwanden sie über das Meer.
    Ihre hohen Bernsteinkronen
    Blitzten noch lange her.« (Mainacht)
30 Erstausgabe 1905–1909.
31 »… und wenn es ihm wieder einmal schwer fallen wollte, dass so viele
    Leute in der Welt so reich seien, und er so arm, so dachte er nur an
    den Herrn Kannitverstan in Amsterdam, an sein großes Haus, an sein
    reiches Schiff und an sein enges Grab.« (J. P. Hebel: Kannitverstan)
32 »Die wildromantische Lage der mittelalterlichen Burgruine, 200
    Klafter über Talgrund, gaben dem Dichter Wilhelm Hauff die An-
    regung zu seinem Roman ›Lichtenstein‹. 1840/41 wurde danach das
    jetzige Schloss, ein romantischer Bau in neugotischem Stil erbaut.«
    (Aus einem alten Schlossführer)
33 Im Bahnhof Pfullingen ehelichte Brechts Vater die Tochter des Sta-
    tionsvorstehers. Im Februar des folgenden Jahres (1898) wurde der
    Dichter in Augsburg geboren. Die Pfullinger haben nachgedacht und
    scharf gerechnet und feierten den Hundertsten Brechts daraufhin
    bereits 1997.
34 »Ich habe mehrere von den hiesigen Professoren kennen lernen. In
    ihren Fächern, Denkungsart und Lebensweise sehr schätzbare Män-
    ner, die sich alle in ihrer Lage gut zu befinden scheinen, ohne daß
    sie grade einer bewegten akademischen Circulation nöthig hätten.
    Die großen Stiftungen scheinen den großen Gebäuden gleich, in die
    sie eingeschlossen sind, sie stehen wie ruhige Colosse auf sich selbst
    gegründet und bringen keine lebhafte Thätigkeit hervor …« (Goethe
    an Schiller 1797, nicht 1947)